POSSEDUTA DAI BERSERKER

LEE SAVINO

LIBRO GRATUITO

Ricevi un libro gratuito, Allevata dai Berserker (solo per i fan
più sfegatati iscritti alla newsletter di Lee)
Clicca qui per cominciare
https://geni.us/BredBerserkersIT

POSSEDUTA DAI BERSERKER

La mia vita è cambiata la notte in cui i Berserker mi hanno presa con sé. Dagg e Svein si sono presi cura di me come nessun altro – finché il Re Cadavere non ci ha attaccati e la furia della battaglia non si è impossessata delle loro menti.

Ora sono sola. I miei compagni sono persi nei meandri della follia, e le mie visioni peggiorano di giorno in giorno. I miei incubi sono l'unica compagnia che ho – a meno che non riesca a sfidare il branco e salvare i miei guerrieri. Devo addentrarmi nella natura selvaggia e reclamarli da sola, o morire provandoci.

Nota dell'Autrice: Posseduta dai Berserker è un romanzo indipendente, che ha per oggetto un ménage MFM e come protagonisti due enormi guerrieri dominanti che pensano soltanto alla loro donna. Leggi l'intera saga best-seller dei Berserker per scoprire cosa sta facendo impazzire i lettori...

LA SAGA DEI BERSERKER

Per più di un secolo, i guerrieri Berserker hanno combattuto e ucciso per i re. Ma c'è un solo nemico che non possono sconfiggere: la bestia dentro di sé.

<u>Venduta ai Berserker</u>

<u>Accoppiata ai Berserker</u>

<u>Allevata dai Berserker</u> (solo per i fan più accaniti sulla lista e-mail di Lee=)

<u>Presa dai Berserker</u>

<u>Data ai Berserker</u>

Rivendicata dai Berserker

Salvata Dai Berserker

Catturata dai Berserker

Rapita dai Berserker

Legata ai Berserker – Laurel, Haakon & Ulf

Piccoli Berserker – le sorelle Brenna, Sabine, Muriel, Fleur ei loro compagni

La Notte dei Berserker – la storia della strega Yseult

Posseduta dai Berserker – Fern, Dagg & Svein

Domata dai Berserker — Sorrel, Thorsteinn & Vik

Comandata dai Berserker — Juliet, Jarl & Fenrir

FERN

Freddo. Dita di ghiaccio che mi scavano nelle ossa, congelandole. Correvo attraverso l'oscurità, schivando le ombre, il mio unico compagno era il mio cuore martellante e la mia paura.

Una sagoma incombeva davanti a me, bloccando il mio cammino. Vestito di stracci e nebbia bianca, lo spettro tese la sua mano scheletrica—

«Fern. Fern, svegliati.»

Rantolando, afferrai l'aria e mi alzai di scatto, quasi sbattendo contro la persona china su di me. Il viso preoccupato di Juliet si fece più vicino. «Sh, Fern, va tutto bene. Stiamo bene. Siamo al sicuro.»

La capanna era buia ma calda, le braci del fuoco brillavano sul focolare. Le ombre lungo i tronchi grezzi avevano un aspetto amichevole. Seppur lentamente, mi rilassai. Mi faceva male la schiena, così come i muscoli, proprio come se avessi corso come una forsennata per salvarmi la vita.

«Ecco.» Juliet mi offrì una tazza, e io mi bagnai le labbra un paio di volte prima di lasciare che il liquido scivolasse nella mia gola secca.

«Hai avuto un incubo?» Juliet mi accarezzò la schiena. Anche se aveva solo pochi anni più di me e del resto delle orfane, si prendeva cura di noi con fare materno.

Annuii senza dire altro.

«Sembra che tu ne faccia molti» mormorò, ma non si impicciò, e io gliene fui grata. Avevo incubi da tutta la vita, per quanto ricordassi. Almeno questo lo avevo fatto di notte, e mi aveva rubato solo il sonno.

Il tocco di Juliet e l'acqua calda aiutarono il mio cuore galoppante a calmarsi. Tutt'intorno a noi giacevano le altre ragazze, addormentate. Essendo una delle più grandi, più donna che bambina, avevo un letto tutto per me. Soffrivo di più il freddo, dato che non avevo nessuno con cui condividerlo, ma almeno i miei incubi notturni non avrebbero svegliato nessuna delle altre.

«Fammi sapere se vuoi parlarne» disse Juliet prima di stringermi dolcemente il braccio e tornare di nuovo sul grande letto che condivideva con le tre ragazze più piccole.

Il suo tocco gentile indugiò mentre mi sdraiavo di nuovo, ma deglutii la mia disperazione. I miei sogni erano miei, non avrei mai potuto raccontarglieli, né a lei né a nessun altro. Erano troppo reali. Persino adesso, quando chiudevo gli occhi, dovevo lottare per non tornare nell'oscurità di quel sogno, in cui quella mano scheletrica si allungava ancora verso di me.

«Sono al sicuro», ripetei a me stessa. «Sono al sicuro.»

Rimasi sveglia fino al mattino, che arrivò troppo presto. La capanna si riempì con le chiacchiere di giovani donne e ragazze. Da quando i Berserker ci avevano portate via dall'abbazia, vivevamo insieme in una capanna, sorvegliata attentamente dai grandi guerrieri.

«Fern, sei così silenziosa oggi» cinguettò Violet.

«È sempre silenziosa.» Meadow mi sorrise. Cercai di ricambiare il gesto, ma non ci riuscivo. Mi faceva male la mascella a causa del modo in cui avevo digrignato i denti per evitare di urlare gli orrori che avevo visto. Da quando mi ero svegliata, il sogno mi tormentava, minacciando di fuggire dalle mie labbra. Ma io non osavo parlare.

Soffrivo di questi brutti sogni, o visioni, da quando ero molto piccola. Mia madre era morta poco dopo la mia nascita, di mio padre non si sapeva nulla, ma una famiglia mi aveva preso con sé. Almeno fin quando non avevo scoperto la mia Vista, rimanendone scossa, e avevo raccontato loro di ciò che avevo visto. Mi avevano definita 'figlia del demonio' e mi avevano lasciata sui gradini dell'orfanotrofio. Lì avevo imparato presto a non parlare di ciò che vedevo. A non parlare affatto, in realtà.

Ma i miei sogni peggioravano. Per quanto tempo avrei potuto nasconderli? Per quanto tempo, prima che si fossero presentati davanti a me alla luce del giorno?

Sobbalzai quando Juliet mi toccò il braccio. «Stai bene, Fern?» mi chiese, e continuò quando annuii, «Puoi andare nella capanna di Laurel e prendere del pane per portarlo qui? Ci andrei io, ma le piccole vorrebbero seguirmi e fa troppo freddo.»

Annuii di nuovo. La passeggiata mi avrebbe fatto bene.

«Assicurati di riscaldarti per bene accanto al suo fuoco.» Juliet mi porse un cesto e un mantello, e mi accompagnò all'ingresso della nostra capanna. «Oggi non c'è neve, ma si congela.»

Aprii la porta e mi bloccai al penetrante ululato che mi accolse.

«Cos'era quello?» sussultò Jules, rabbrividendo. Si ritrasse quando una delle nostre guardie si posizionò davanti alla porta.

«Va tutto bene» disse il guerriero Berserker con la sua voce profonda e roca. Incombeva su di noi, più grande di qualsiasi uomo che avessimo mai visto, ma il suo volto era gentile. «È solo un lupo che vive nel canyon.»

«Quello non era un lupo» controbatté aspramente Juliet. Spalancai gli occhi: non avevo sentito mai nessuno parlare così sfacciatamente a un Berserker.

Il guerriero si limitò a sorridere. «Hai ragione. Laggiù ci sono due bestie che una volta erano uomini, ma ora non lo sono più. Adesso infestano i boschi sottostanti.»

Inspirai bruscamente quando l'ululato ricominciò. Questa volta una seconda voce si aggiunse alla prima, le due si lamentavano all'unisono per creare una malinconica melodia.

«Non avere paura, piccola» mormorò il guerriero a Juliet. «Sei al sicuro, insieme a noi.»

Juliet scosse la testa, un'espressione tesa in volto. Notai che evitava di incontrare lo sguardo del guerriero, nonostante lui la guardasse con occhi dolci.

«Te la caverai a piedi, fino da Laurel?» mi chiese, e io annuii.

«Se la caverà.» Il guerriero raddrizzò la schiena. «La accompagnerò personalmente.»

A quelle parole, Juliet sbuffò e incontrò gli occhi del guerriero abbastanza a lungo da lanciargli un'occhiataccia prima di girare i tacchi e rientrare di corsa nella capanna.

Sollevai lo sguardo verso il guerriero, che ridacchiò.

«Vieni, ora.» Tenne aperta la porta e mi tese una mano. «Il vento è forte, ma se camminiamo a passo svelto, il movimento ci terrà al caldo.»

Iniziai a scendere lungo il sentiero, preparandomi all'inquietante suono che proveniva dai pendii sottostanti. I Berserker avevano costruito il nostro rifugio su una sporgenza di un'alta montagna accessibile solo tramite un ponte. Seguii la mia massiccia scorta, superammo altre due guardie e mi incamminai verso il ponte di legno, addentrandomi nel bosco dall'altra parte.

A un certo punto, il sentiero si divise e io esitai.

«Da questa parte, sorellina» mi disse il guerriero, aspettando che lo raggiungessi. «L'altra strada porta a un burrone e a una pericolosa discesa giù per la montagna. Il panorama è bellissimo, però», spiegò ancora. Sembrava contento di parlare. Di tutti i guerrieri, era il più amichevole. Si chiamava Jarl.

«Juliet sembra turbata dall'ululato. Ma a parte questo, sta bene?» Il tono di Jarl era tranquillo, ma percepivo il suo interesse.

Annuii.

«Bene. Per favore, dille che può chiedere qualsiasi cosa desideri. Siamo qui per soddisfare i suoi bisogni. I suoi e quelli di tutte le profetesse non accoppiate» aggiunse, e io sorrisi per rincuorarlo. «Possiamo portare vestiti, pellicce, legna per il fuoco. Posso anche portare il pane per la capanna, anche se credo tu voglia intraprendere da sola il viaggio per andarlo a prendere, se non altro per vedere le altre tue amiche.»

Annuii di nuovo.

«La compagna di Haakon e Ulf prepara le migliori torte al miele e i pani più squisiti» osservò Jarl. «Sai quale pane piace di più a Juliet?»

Scossi la testa e lui alzò le spalle. «Non importa. Li porteremo tutti, e vedrò quale preferisce.» E dopo questa frase prese a fischiare, con le lunghe gambe che divoravano il sentiero in falcate disinvolte. Mi affrettai a stargli dietro, chiedendomi come sarebbe stato essere così forte e potente, parlare e farsi ascoltare dagli altri, camminare nei boschi e non avere paura.

Il sentiero ci portò direttamente a un'enorme baita collegata a un edificio basso. L'odore di carne arrosto mi invase le narici e accelerai il passo, superando persino Jarl per sfrecciare impaziente oltre la porta.

All'interno, un grande spiedo girava sul focolare. File di tavoli ospitavano vassoi e piatti pieni di cibo e al centro, a dominare il tutto, c'era la regina della cucina in persona, la mia amica Laurel.

«Fern!» urlò Laurel, alzando le braccia sporche di farina. Si pulì le mani prima di venire ad afferrare le mie. «Oh, sei così fredda. Vieni a scaldarti vicino al fuoco. Ho tè e torte appena sfornate.» Mi tirò dentro. Trasalii quando una grande ombra si spostò dall'angolo. Un enorme guerriero, con metà del viso sfregiata da orribili cicatrici, incombeva su di noi. Ero troppo spaventata per emettere anche solo un gemito.

«Ulf.» Laurel gli sorrise. «Il compagno di Hazel potrebbe passare a momenti per prendere il pane per lei e per tutte le capanne vicino alla sua... Puoi chiedergli di dirle che ho bisogno di più finocchio ed erbe?»

«Certo, amore» disse con voce roca e si chinò per darle un rapido bacio prima di uscire a salutare Jarl.

«Non aver paura.» Laurel urtò il mio piede con il suo. «È molto dolce.»

Feci un cenno con la testa e sorrisi, sperando di non aver offeso lei o il guerriero col viso sfregiato.

«Come stanno tutte? Dovrei venire a farvi visita, ma ogni giorno mi viene chiesto sempre più pane.» La mia amica si lamentava del focolare, ma sapevo che amava il suo lavoro ed era orgogliosa di produrre abbastanza pane e altre bontà per sfamare tutti gli abitanti della montagna. «Le ragazze si trovano bene nella loro nuova casa?»

Annuii, accettando il cibo e la tazza che mi portò.

«Per favore, mangia.» Mi diede un colpetto col gomito prima di sedersi vicino a me. Accettò il mio silenzio, chiacchierando abbastanza per entrambe. «Sage, Willow e io ci chiediamo sempre come state tutte voi, dato che siete così lontane. Sappiamo che è saggio prendere precauzioni, ma...» scrollò le spalle. «Il branco non è più selvaggio come una volta. Li stiamo rendendo più civili.»

Pensai agli ululati provenienti dalla voragine e presi a giocherellare con la torta.

«Fern, stai bene? Sembri preoccupata.»

Una porta alla nostra destra si aprì, ed entrò un altro guerriero alto e dalle spalle larghe, bello e senza cicatrice. L'altro compagno di Laurel.

Tenni gli occhi sul mio piatto mentre mormoravano tra loro. Il legame Berserker permetteva a due guerrieri di accoppiarsi con una sola donna. Come sarebbe stato, vivere e amare due uomini? Essere l'unica cosa che amavano più di tutto?

Una volta mi ero avvicinata a scoprirlo. Prima che tutto fosse perduto.

Raccolsi le briciole della torta che avevo fatto a pezzi in una tasca, per spargerle più tardi agli uccelli. Quando il compagno di Laurel se ne andò, mi alzai e presi il cestino che avevo portato con me.

«Suppongo che tu debba andare» sospirò Laurel. «Per favore, di' a Juliet di venirmi a trovare quando vuole. Forse potresti portare altre profetesse non ancora accoppiate.» Saltò in piedi e cominciò a riempire il mio cesto di pagnotte appena sfornate. «E tu sei la benvenuta, ogni volta che vuoi. Un aiuto in cucina è sempre ben accetto, così come qualcuno con cui parlare mentre sono all'opera.» Stropicciò il naso. «Non che tu parli molto. Ma io parlo abbastanza per entrambe.»

Ricambiai il suo sorriso e mi avviai verso la porta, dove esitai.

«Laurel?»

Lei si alzò di scatto dal catino in cui si stava lavando le

mani, sorpresa dal suono della mia voce. Lo capivo: mi sorpresi io stessa, ma ormai era troppo tardi. Mi schiarii la gola. «Posso avere altre pagnotte?»

«Certo.» Lei si diede da fare incartandone altre. «Ti serve un altro cestino?»

Scossi la testa. Sembrava curiosa, ma non si impicciò. Aspettai che si fosse voltata verso i forni per nasconderli sotto il mantello. Non sapevo come avrei fatto a portarli via di nascosto dalla montagna, ma avrei trovato un modo.

Jarl mi precedette sulla via del ritorno. Quando raggiungemmo il bivio del sentiero, esitai.

«Cosa c'è?» Si fermò quando si accorse che non lo stavo seguendo.

Mi si asciugò la bocca. Avevo passato così tanto tempo a tenere a freno la lingua, che ricordavo a malapena come parlare. «Juliet» sbottai, dicendo la prima cosa che mi venne in mente. «Voleva che le prendessi delle erbe. Crescono da queste parti.»

Lui aggrottò la fronte, ma fece un cenno della testa per indicare che dovevamo andare. Mi affrettai lungo il sentiero, pregando di vedere le basse foglie verdi lungo il percorso. Gli alberi svanirono presto e ci ritrovammo su una sporgenza rocciosa ma eccole lì: tra le fessure delle pietre coperte di licheni c'erano le mie tanto agognate erbette.

Mi inginocchiai, raccogliendo una spettacolare quantità di foglie, privilegiando quelle con le bacche rosse.

«Juliet le usa per le tinture?» chiese Jarl e, quando annuii, si accovacciò e ne raccolse un po' anche lui.

Mi spostai verso un altro ciuffo. «Non avvicinarti troppo alla sporgenza» avvertì Jarl, ma mi lasciò libera di andare dove volevo.

Quando non stava guardando, tirai fuori le pagnotte in più sotto al mantello e le gettai oltre la sporgenza, prima di tornare velocemente sul sentiero.

«Sei sicura che ne abbiamo abbastanza?» mi chiese, sistemando le foglie nel mio cesto.

Mi limitai a sorridergli. Era dolce, il suo modo di preoccuparsi per Juliet. Sentii un nodo alla gola quando ricordai com'era avere due guerrieri che si prendevano cura di me allo stesso modo.

Intanto che tornavamo sul ponte, gli ululati riecheggiavano sotto i nostri piedi. Sembrava che i lupi si fossero avventurati più vicino al rifugio. Forse avrebbero sentito l'odore del pane e, anche se preferivano la carne, avrebbero saputo che qualcuno stava pensando a loro. Si trattava di un piccolo gesto, ma poteva dar loro speranza.

FERN

Quella notte, con la pancia piena di pane, mi stesi a letto e ricordai la notte in cui i Berserker fecero irruzione nell'abbazia per salvarci.

Prima

MI SVEGLIAI *negli alloggi delle orfane a causa di un rumore, il pianto di un bambino.*

Le suore non erano molto pazienti con noi: nessuna, tranne Juliet, la più giovane dell'ordine, mostrava gentilezza verso le orfane. Chi gridava avrebbe trovato conforto solo tra le braccia di un'altra orfana.

Con la mia mente ancora influenzata dai miei sogni – grandi sagome che correvano per l'abbazia, inseguendo e terrorizzando me e le mie amiche – sgattaiolai via dal mio letto, superando le ragazze addormentate, e lasciai il dormitorio.

Sorrel stava nel corridoio con una delle giovani, Violet. La ragazza più grande si portò un dito alle labbra. Annuii e tesi la mano a Violet.

Un rumore d'urto ci fece bloccare tutte. Sorrel si voltò di scatto, mentre io e Violet ci ritraemmo. Fuori dalla finestra, sagome scure attraversavano il prato.

«Vai» sussurrò Sorrel con durezza. Quasi trascinandomi dietro Violet, feci per riavviarmi verso il corridoio.

Altri rumori di schianto – finestre rotte. All'interno del dormitorio, le ragazze urlavano.

«Non da quella parte!» ordinò Sorrel, e mi spinse in un'altra direzione, verso un corridoio che alle orfane non era permesso percorrere.

«Cosa sta succedendo?» ansimai.

«Siamo sotto attacco.» Sorrel sembrava cupa, ma tranquilla. Corremmo in avanti, seguite da urla spaventate. Volevo chiedere perché l'abbazia avrebbe dovuto essere attaccata: non vi era nascosto alcun tesoro, solo qualche suora e un frate corrotto, e un dormitorio pieno di ragazze orfane. Risparmiai il fiato per trasportare Violet, che era magra ma comunque pesante. Almeno lei era troppo assonnata o scioccata per gridare.

Sorrel ci condusse al lato opposto dell'abbazia. Passammo attraverso un altro corridoio costellato di finestre, e rimasi senza fiato alla vista del via vai di enormi guerrieri che facevano irruzione nel dormitorio. Entravano a mani vuote e uscivano con le orfane in braccio o sulle spalle. Le camicie da notte delle ragazze brillavano alla luce della Luna.

«Ci stanno portando via.» Afferrai Violet più forte, e lei ricambiò la stretta.

«Non se posso evitarlo» mormorò Sorrel. Correvamo, con il petto che doleva e il respiro corto a causa del peso di Violet.

«Sorrel...» ansimai, proprio mentre un rumore d'urto si avvicinava davanti. I guerrieri sfondarono la porta degli alloggi delle suore ed entrarono. Insieme alla luce, l'ambiente venne inondato da urla stridenti.

Sorrel e io ci premmemo contro il muro, sperando che le ombre ci coprissero. Un attimo dopo, la sorella Juliet entrò nel prato, affiancata dai guerrieri.

Violet piagnucolò tra le mie braccia. La testa di un guerriero scattò verso di noi.

Sorrel mi tirò indietro da dove eravamo venute. Un grido si levò dal prato alle nostre spalle: i guerrieri ci avevano scoperte.

«Sorrel» ansimai ancora mentre correvamo lungo un altro corridoio vietato alle orfane. Non sapevo nemmeno dove fossimo, ma sembrava che Sorrel lo sapesse benissimo. «Dove stiamo andando?»

«In un nascondiglio. Da questa parte.»

Dietro di noi, si infransero dei vetri e dei passi, appartenenti a piedi fasciati da pesanti stivali, risuonarono sul pavimento di pietra. I guerrieri si stavano avvicinando.

Sorrel imprecò sottovoce, parole che avrebbero indotto le suore a frustarci anche per il solo fatto di conoscerle. Stavo quasi per ridere all'audacia di Sorrel, ma il nodo alla gola e allo stomaco me lo impedivano.

Cosa avrebbero fatto se ci avessero prese?

Seguendo Sorrel, quasi inciampai su una scala. Qualche metro più in là, ci fece entrare in una stanza buia. Il profumo delle erbe e del miele mi bagnò il viso. All'interno, nella fresca umidità, vi erano conservate grandi botti e le erbe usate per distillare gli alcolici.

«Nascondetevi» ordinò Sorrel. «Sotto il tavolo.»

Mi accovacciai, tirando Violet contro di me. Sorrel si inginocchiò nelle vicinanze, sistemandosi su una delle pietre.

Avevo ancora il respiro pesante a causa della corsa e per essermi tirata dietro Violet lungo il percorso. «Non possiamo scappare.»

«Non me ne andrò senza combattere.» Con mio grande stupore, tirò fuori una corda, un arco e delle frecce. Sapevo che era una cacciatrice, la migliore nel piazzare trappole per catturare i conigli

13

nei giardini, ma non sapevo che avesse una tale scorta di armi. Se fosse stata catturata, le suore l'avrebbero picchiata e il frate l'avrebbe rinchiusa nella torre finché non avesse trovato qualcuno disposto a comprarla.

Alzandosi, Sorrel tese l'arco per preparare una freccia.

«Potrebbero non trovarci, qui. Ci nasconderemo e poi correremo al Villaggio» sussurrò, e io annuii, rintanandomi ancora di più sotto il tavolo, un mobile di legno grande e pesante.

I passi risuonarono nel corridoio, e io mi ritirai nell'ombra.

«Da questa parte» esordì una voce roca e maschile, mai sentita prima. A parte il frate e coloro che gli facevano visita, erano pochi gli uomini che venivano all'abbazia.

«Non c'è nessuno, laggiù.»

«Ne sento il profumo.» Gli stivali si fermarono appena fuori dalla porta. «Lo senti?»

«Oh, sì. È così dolce...» Le voci mi grattavano le orecchie.

Passate oltre, passate oltre, *pregai mentalmente, ma quando la porta si aprì non me ne sorpresi. Dio non ascoltava le preghiere di un'orfana peccatrice.*

Due paia di stivali entrarono nella stanza. Mi strinsi il viso di Violet al petto.

«Vieni fuori, coniglietta...»

«Una preda più facile dei conigli.» Il guerriero ridacchiò mentre avanzava. Con la coda dell'occhio vidi un flebile movimento tra le ombre in cui si nascondeva Sorrel, e il sibilo di una freccia. Il guerriero ruggì.

«Mi ha colpito!»

L'altro guerriero ridacchiò. «Ti serva da lezione per averla chiamata coniglietta.»

Il primo guerriero ringhiò.

«Ci sono problemi?»

Un altro paio di stivali entrò nella stanza. Mi si fermò il cuore.

«Thorsteinn» disse il primo guerriero in tono scontroso. «Questa non è la tua preda.»

«Nemmeno la tua» rispose Thorsteinn divertito. «Più che altro, è la tua cacciatrice. Ti ha colpito?»

«Un'inezia.» Uno schiocco e la freccia cadde a terra, spezzata e ormai inutile, sotto lo stivale del guerriero.

«State indietro!» La voce di Sorrel tremò solo un po'. «Ne ho altre!»

«Puttana» ringhiò il primo guerriero. Emise un grugnito e si allontanò barcollando. Mi rintanai ulteriormente nell'ombra, rendendomi conto che il guerriero Thorsteinn gli aveva dato un pugno.

«Vattene» disse con calma Thorsteinn. «Questa appartiene a me e Vik.»

«C'eravamo prima noi!»

«Ho detto vattene» ripeté Thorsteinn, e mi si rizzarono i peli sulle braccia. Sembrava a malapena umano.

Brontolando, i due guerrieri se ne andarono. Per un interminabile minuto, Thorsteinn non si mosse. Trattenni il respiro all'improvviso silenzio.

Un'ombra si avvicinò alla soglia per entrare nella stanza. Quattro gambe e occhi dorati. Un lupo. Abbassò la testa sotto il tavolo per scrutarci. Annusando, si unì al guerriero rivolto verso l'angolo dove Sorrel si era nascosta.

«State indietro» ripeté Sorrel alzando la voce.

«Non c'è da temere, piccola guerriera» cantilenò Thorsteinn. Il lupo si fece avanti. «Non siamo venuti per farvi del male.»

«Vi colpirò.»

Thorsteinn si limitò a ridacchiare.

Il lupo si muoveva tra un respiro e l'altro. Uno strano vento soffiava nella distilleria, mandando brividi lungo la mia schiena. L'istinto si stava impossessando di ogni centimetro della mia pelle. Sorrel rantolò.

«Presa» esordì un'altra voce maschile, cruda e grave nell'oscurità. «È una combattente.» I piedi e le gambe nude di un uomo passarono davanti al tavolo. Nessuna traccia del lupo.

«*Piano*» *mormorò Thorsteinn.* «*Tranquilla, piccola guerriera, ti procurerò delle armi. Ti permetteremo di usarle, una volta averti portata in salvo.*»

Sorrel imprecò.

«*Thorsteinn?*» *Un altro guerriero entrò nella distilleria.*

«*Dagg, Svein*» *Thorsteinn li salutò.*

«*Avete trovato il vostro premio.*»

«*L'abbiamo trovata.*» *Thorsteinn parlò sopra le maledizioni smorzate di Sorrel.* «*Ma ce ne sono altre due sotto il tavolo.*» *Con quel commento distratto che mi fece precipitare il cuore ai piedi, Thorsteinn e l'altro guerriero andarono via. La voce arrabbiata di Sorrel svanì lungo il corridoio.*

I nuovi guerrieri si pararono davanti al tavolo. Tenevo una mano sulla bocca di Violet, ma non riuscivo a tenere a bada la mia stessa paura. Durante la pesante pausa che seguì, il mio battito cardiaco si fermò di colpo.

«*Ti sentiamo tubare, colombella*» *disse uno dei nuovi guerrieri. Si accovacciò e gli occhi dorati trovarono i miei. Lo sgomento mi avvolse quando notai il bagliore magico del suo sguardo.* «*Io sono Svein. Non abbiamo intenzione di farvi del male.*»

Scossi la testa.

«*Non vogliamo spaventarvi, ma verrete con noi.*» *Si alzò, e io sobbalzai di sorpresa quando il tavolo lasciò scoperta sia la mia testa che quella di Violet. Due guerrieri ci scrutarono dall'alto. Svein aveva i capelli chiari e il viso stretto. La barba marrone dell'altro, invece, arrivava fino al petto ampio, e faceva eco a Svein mentre allungava la mano verso di noi.*

«*Verrete con noi.*»

FERN

Mi svegliai di soprassalto. La capanna era tranquilla, piena dei flebili suoni del sonno. Le mie amiche giacevano tutt'intorno. Tutte, tranne Juliet. Aggrottai la fronte: non era da lei, che aveva persino rinunciato al suo letto per condividerlo con le più piccole.

Raccogliendo il mantello, mi diressi verso la porta.

All'esterno, la Luna piena brillava sul terreno gelato. Nei giorni precedenti, la neve si era sciolta, ma faceva ancora molto freddo. Il mio respiro si trasformava in fumo gelido davanti al mio viso.

Un gemito basso mi fece girare la testa. Strisciai lungo il lato della casetta. Lì, sdraiata contro il muro, giaceva Juliet, con indosso solo la sua tunica da notte e una pelliccia intorno alle spalle, le guance rosse al chiaro di Luna.

Mi inginocchiai e le misi una mano sulla fronte calda. Anche nel freddo, il suo corpo bruciava.

Chiudendo gli occhi, Juliet distolse il viso.

«Lasciami» gracchiò.

Me ne andai, soltanto per fare ritorno con una tazza d'acqua. Sapevo cosa la tormentava. La stessa febbre era venuta anche a me, in passato.

Juliet ne bevve un po', i suoi occhi guizzarono sui miei oltre la tazza. «Fern, ti prego. Non dirlo a nessuno.»

Annuii. Se qualche guerriero avesse scoperto che aveva *quella* febbre, gli Alpha le avrebbero imposto di prendere un compagno.

«Grazie.» Chiuse di nuovo gli occhi, poi corrugò la fronte.

Mentre andavo via, notai che stringeva un mazzo di erbette rovinate. Forse cercava di coprire l'odore del suo calore con quello della menta. Speravo funzionasse, per il suo bene. I Berserker avevano i sensi affinati delle bestie selvagge.

Quando scivolai verso la parte anteriore della capanna, capii perché Juliet era sfuggita all'attenzione. Le guardie avevano lasciato le loro postazioni vicino all'ingresso. Dal ponte più avanti provenivano delle risate ed era stato acceso un fuoco. Stavano giocando al gioco delle ossa levigate, ridendo e scommettendo. Alcuni si passavano una botte avanti e indietro.

Mi strinsi nel mantello e strisciai lungo il pendio. Quando avevo gettato la brodaglia nella pentola giù dalla collina, avevo notato uno stretto sentiero tra i massi che non arrivava fino al burrone, ma poteva aiutarmi a passare sotto il ponte fino al luogo dove avevo gettato il pane.

Scesi con cautela lungo il fianco della montagna, arrampicandomi sulle rocce ghiacciate. Il chiarore della Luna illuminò il mio cammino per tutto il tempo. Quando arrivò il momento di passare sotto il ponte, aspettai che una nuvola coprisse la luce brillante prima di affrettarmi lungo il sentiero. Le voci dei guerrieri riecheggiavano dall'alto, ma nessuno notò il mio passaggio o il mio odore.

Quando raggiunsi la sporgenza inferiore, il mio corpo era

teso e rigido a causa del freddo. Mi guardai intorno per un po', chiedendomi se fossi nel posto giusto, molto più in basso di dove io e Jarl avevamo cercato le erbe. Alla fine, rimasi in piedi rabbrividendo e fissando la bianca parete di roccia dove ero sicura di essermi fermata per gettare i pani. Le nuvole coprirono la Luna finché finalmente la sua luce non si sprigionò e potei vedere di nuovo.

Alle mie spalle, i rovi erano spezzati. Ai miei piedi, una scia di briciole. Qualcuno aveva preso i pani offerti.

Tirai fuori dallo zaino qualche altra pagnotta e la posai sulla pietra, prima di tornare indietro imboccando la strada da cui ero arrivata.

FERN

Se qualcuna delle ragazze notò che avevo dormito fino a tardi, il mattino dopo, non fecero commenti. Anche Juliet si era svegliata tardi e aveva svolto le sue solite mansioni con il viso stanco, pieno di tensione. Sussurrai a Meadow, che mi propose di portare un gruppo delle ragazze più giovani a casa di Laurel insieme a lei. Juliet accettò con sollievo.

Al focolare di Laurel raccolsi altro pane, non biscotti dolci né torte al miele, ma focacce più dure che sarebbero state buone per il viaggio. Nessuna lo notò, anche se mi sentii un po' in colpa. In cambio, lasciai delle erbette per Laurel.

Sulla via del ritorno, le ragazze chiacchieravano come uno stormo di passeri. Avevano gettato indietro i cappucci e preso a saltellare, contente di essere fuori dalla capanna, anche se con una scorta di guerrieri. Era una bella giornata, nonostante fosse fredda. I Berserker ci accerchiavano. La maggior parte delle ragazze li ignorava, ma io sentivo il loro sguardo su di noi.

Io e le mie amiche avevamo fatto molta strada dall'abbazia, dove eravamo soltanto orfane indesiderate, ad essere preziosi tesori dei Berserker. Gli Alpha facevano del loro meglio per proteggerci, decretando la morte di qualsiasi guerriero che si fosse avventurato troppo vicino a una profetessa non accoppiata. Le nostre guardie erano scelte con cura. Potevamo fare visita alle nostre amiche accoppiate solo a patto di essere scortate e, subito dopo, di tornare al rifugio nella parte più isolata della montagna. Eravamo uccelli in gabbia, adorate dai nostri rapitori, coccolate e tenute al sicuro fino al giorno in cui saremmo entrate nel calore dell'accoppiamento.

Quando arrivava quel giorno, ci si aspettava che scegliessimo un compagno. I Berserker erano guerrieri potenti, impavidi e forti, in grado di resistere contro quasi tutti i nemici, tranne che contro la loro stessa voglia di combattere. La magia che dava loro poteri soprannaturali distruggeva la loro sanità mentale. Solo una profetessa, una donna con i propri poteri magici, poteva domare un Berserker.

Non c'era da stupirsi che i Berserker trattassero me e le mie amiche come gioielli preziosi. Durante il secolo precedente, avevano visto i loro stessi amici impazzire, e noi eravamo l'unica speranza che avevano di evitare un simile destino.

Naturalmente, per alcuni guerrieri era troppo tardi.

Gli ululati esplosero proprio mentre attraversavamo il ponte. Mi si rivoltò lo stomaco, e la mia vista si offuscò.

«No», sussurrai. «Non qui.» Lottai contro la visione che mi stava assalendo, sottraendomi alla realtà.

I cadaveri avanzavano insieme, un esercito silenzioso. I mostri correvano loro incontro, riempiendo l'ambiente intorno a noi di ululati—

Improvvisamente mi sentii cadere, sempre più giù. Sbattei le palpebre e tornai in me stessa, tra le urla delle ragazze.

Aprii gli occhi. I miei piedi mi tenevano in bilico sul bordo del ponte.

«Fern, non muoverti» mi implorò Meadow. Le altre ragazze sembravano sconvolte. Violet si nascose il viso tra le mani.

Oscillai nel vento. Gli ululati sotto di me aumentarono proprio mentre venni avvolta da un paio di braccia forti.

«Presa» mormorò la voce roca di un guerriero al mio orecchio. Jarl. Alle nostre spalle, i Berserker circondarono il resto delle profetesse. Ogni guerriero aveva sguainato la sua arma.

«Tutti giù dal ponte» ordinò un guerriero. «Nella capanna.»

Più velocemente Jarl si muoveva, più forti diventavano gli ululati. Sembravano seguirmi. Il guerriero percorse correndo le ultime centinaia di metri, facendomi sussultare lo stomaco.

Jarl aprì la porta della capanna. «Juliet!»

Juliet apparve sulla soglia con il viso pallido. «Cos'è successo?»

«Ha avuto una crisi.»

La mia amica si affrettò a liberare un posto sul grande letto, e Jarl mi fece sdraiare.

«È già successo prima d'ora?» Il guerriero si rivolse all'ex suora.

Scossi freneticamente la testa.

«No», rispose Juliet per me.

«Sei sicura?»

«Certo, ne sono sicura.» Juliet lasciò che una nota acida le tingesse la voce. «Probabilmente si è trattato di leggere vertigini provocate dall'attraversamento del ponte. Non siamo abituate a queste altezze.»

Adagiai la schiena, sollevata, mentre Juliet si occupava di me. Io stavo mantenendo il suo segreto, e lei faceva lo stesso con il mio. «Starà bene. Dovresti andare ad aiutare gli altri, intanto che mi occupo di lei» continuò Juliet.

«Molto bene», disse Jarl. La sua voce roca non faceva trasparire il suo stato d'animo ma, prima che si allontanasse, Juliet si voltò verso di lui e disse in tono più dolce, «Jarl... grazie.»

Un cenno, poi andò via.

Un minuto dopo, la capanna si era riempita di profetesse che chiacchieravano. Juliet tenne a freno la lingua, preferendo invece chiudere la tenda per separarci dal resto dell'ambiente e allontanare le ragazze curiose.

Me ne stavo seduta con la testa in mano, a bere il tè che mi aveva preparato di sua iniziativa.

Alla fine, la mia amica più grande si sedette accanto a me. «Hai avuto una visione, vero? I sogni ti hanno seguita alla luce del Sole.»

Serrai la mascella. Mi faceva quasi male non parlare e raccontare quello che avevo visto.

Se le mie visioni avessero preso il sopravvento, e non avessi più trattenuto la mia lingua, i Berserker mi avrebbero considerata maledetta o mi avrebbero cacciata? O semplicemente mi avrebbero uccisa?

«Sai che puoi dirmi tutto.» Juliet abbassò la voce. «Non ne parlerò ad anima viva.»

Strinsi le labbra: non potevo dirle la verità.

C'ERA chi credeva che una strega potesse prevedere il futuro e far avverare una visione. Le streghe venivano distrutte per molto meno.

Avevo passato molte notti all'abbazia a desiderare di non essere una strega. Se avessi avuto qualche potere, avrei fatto cessare le visioni. Tanto per essere sicura, non ne avrei mai parlato, nel caso in cui raccontarle le avrebbe fatte realizzare. Se quello che vedevo era il Destino, non lo avrei aiutato.

Dopo un po', Juliet sospirò e mi lasciò da sola. La sentii dire alle altre ragazze di lasciarmi in pace.

Chiusi gli occhi e pregai che i sogni non tornassero a tormentarmi.

FERN

Prima

*U*n momento prima, io e Violet eravamo nascoste sotto al tavolo. Subito dopo, il pesante mobile non c'era più e noi finimmo nelle mani dei nostri rapitori. Quello con la barba prese Violet, sollevandola dalle braccia consenzienti. Quello dai capelli chiari, invece, prese me. Si chiamava Svein.

Fissai il suo volto mentre mi stringeva al petto e correva lungo il corridoio che sfumava man mano che il mio rapitore mi portava via. Saltò dalla finestra rotta e atterrò con destrezza sul prato. Quello che si chiamava Dagg entrò a grandi passi nella foresta con Svein alle calcagna. La folta chioma inghiottì l'abbazia.

In un attimo, la casa che per tanti anni avevo reputato mia sparì.

La luce della Luna filtrava tra le foglie, illuminando il volto del mio rapitore. Si muoveva con estrema sicurezza nella notte, come se potesse perforare le ombre con i suoi occhi incandescenti. Ogni *volta che attraversavamo una pozza di luce lunare, i suoi capelli chiari sembravano brillare. Non riuscivo a distogliere lo sguardo dal suo volto. Non per la sua bellezza, di cui certamente abbondava, ma per la sua aura magica: era come se avesse attraversato il confine tra il nostro e il suo mondo per uno scopo, lo stesso scopo che includeva me, in qualche modo.*

Forse lo fissavo perché sembrava tutto un sogno.

Ma no, era reale. Dagg e Svein si avventurarono nel bosco profondo, mentre i rami mi sfioravano le gambe nude. Svein mi strinse più forte a sé, il suo cuore che mi batteva accanto all'orecchio. Era umano, questo guerriero dal viso stretto e dal naso a punta, le labbra bloccate a metà tra un sorriso e una linea determinata mentre correva attraverso la radura.

«Sei coraggiosa, ma silenziosa» disse quando mi scoprì a fissarlo. «Non ti metterai a gridare?»

Non risposi. Sarebbe stato inutile: eravamo state rapite, portate chissà dove... Almeno sembrava gentile.

Una luce tremolò in lontananza. Entrambi i guerrieri si diressero verso di essa, infilandosi tra le fitte felci prima di riemergere in un cerchio di altri guerrieri. Scossi i piedi tra le braccia di Svein, finalmente fuori dalla trance. Questi guerrieri avevano pianificato ed eseguito una vera e propria incursione in casa mia. Le mie amiche erano tutte prigioniere, se non peggio. Cosa gli era successo?

Mi si contorse lo stomaco, nauseato dalla preoccupazione. Gli altri guerrieri mi studiavano, con la curiosità dipinta sui loro volti rudi.

Un basso brontolio nel petto di Svein mi costrinse a gettargli uno sguardo. La luce nei suoi occhi mi trafisse. «Non guardarli» ordinò, e mi spostò tra le sue braccia, girandomi in modo che, se avessi voluto, avrei dovuto girare volutamente il collo per vedere gli altri. «Tieni gli occhi su di me. Ti terrò al sicuro.»

Strinsi la presa sulla sua giacca di pelle e non dissi nulla.

«Svein.» Una voce roca salutò il mio rapitore. «Dov'è Dagg?»

Svein indicò la foresta con un cenno della testa. Un attimo dopo, il Guerriero dalla barba scura ci raggiunse, scivolando silenziosamente tra i rovi. Violet giaceva addormentata contro il suo petto.

La consegnò a un altro Guerriero e mi attraversò un fremito.

«Non le verrà fatto alcun male» promise Svein, la sua voce vellutata al mio orecchio. Si accovacciò vicino al fuoco, senza mettermi a terra.

Il Guerriero barbuto si unì a noi, lasciandosi cadere sulle ginocchia nei paraggi. Con la sua grande barba e i folti capelli scuri raccolti in una coda, non assomigliava a nessun uomo che avessi mai visto. Per non parlare della sua stazza e della forza straordinaria che lo caratterizzava. Raccolse un ramoscello da terra e se lo rigirò tra le mani con fare pensieroso, prima di gettarlo nel fuoco. Tutti quei guerrieri erano più imponenti di qualsiasi uomo comune. Sembrava che potessero spezzarmi in due persino senza provarci nemmeno.

Rabbrividii, e il Guerriero barbuto mi guardò accigliato.

«Calma, adesso.» La sua voce profonda mi fece vibrare persino le ossa, dolce e carezzevole. «Non c'è nulla da temere.»

Abbassai lo sguardo, ricordando che Svein mi aveva ordinato di non guardare gli altri guerrieri.

Il Guerriero dai capelli chiari mi strinse più vicino a sé. «Va tutto bene. Puoi guardare Dagg e me, ma nessun altro.»

Sentii lo sguardo del barbuto ricadermi addosso.

«Posso portarla io, dopo» disse a Svein.

«Non è pesante. In realtà, non pesa nulla.»

Volevo parlare, chiedere dove fossero le mie amiche. Con la coda dell'occhio vidi un altro Guerriero che cullava Violet. L'aveva avvolta in una specie di pelliccia. Lei dormiva, ignara della grande mano dell'uomo appoggiata sulla sua testa e che le riparava il viso dal fuoco.

Finalmente, presi abbastanza coraggio da mettermi seduta.

Svein me lo permise, sebbene la sua presa ferma mi diceva che, invece, non mi avrebbe fatta scendere dal suo grembo. Aspettai che il mio battito cardiaco si stabilizzasse per guardarlo in volto. Strinse gli occhi e inclinò la testa di lato.

Mi umettai le labbra. «Le mie amiche. Sorrel...» La mia bocca non riusciva a inumidirsi quanto bastava per parlare.

«Sono al sicuro.» La voce di Svein mi rimbombò dentro. «I miei compagni guerrieri cadrebbero sulle loro spade, piuttosto che trattarle male.»

Aggrottai la fronte, cercando di capire. Perché erano venuti, questi guerrieri? Che utilità aveva, per loro, un gruppo di orfane?

Svein mi prese il mento.

«Così coraggiosa...» mormorò. «Hai paura, eppure parli lo stesso.» Il suo pollice mi accarezzò la guancia e io mi ritrassi a quel tocco che mi disturbava – non perché facesse male, ma perché mi faceva sentire bene. La sensazione mi agitava ogni cellula in corpo.

Lentamente, quasi con riverenza, Svein mi scostò i capelli dal viso. Alla luce del fuoco, la mia chioma brillava come carbone, scura come la pece con scintille rosso fuoco. Attiravano spesso l'attenzione, e anche per questo avevo imparato a nascondermi.

«Bellissima» disse Svein, e io sbattei le palpebre. «Non te l'ha mai detto nessuno?»

Scossi la testa una sola volta.

«Sei. Bellissima.» ripeté, e il calore mi attraversò come una marea. Lo fissai, senza sapere cosa provassi.

«Lei è quella giusta» esordì Dagg, quasi ringhiando. Sembrava un animale selvaggio, con quel tono di voce, ma per qualche strano motivo non ne avevo paura. Incontrai il suo sguardo scuro con gli occhi pieni di audacia e vidi le sue iridi illuminarsi.

«Sì», concordò dolcemente Svein. «È nostra.»

I guerrieri circondavano il fuoco, in piedi, intenti a borbottare mentre noi tre eravamo persi nel nostro mondo.

Aprii la bocca per parlare di nuovo quando un forte vento soffiò su di noi, sferzandomi i capelli. Sia Dagg che Svein alzarono la testa, con i muscoli tesi e scattanti.

L'aria trasportava un fetore che mi fece quasi vomitare.

Un attimo dopo, uno dei guerrieri spense il fuoco.

«Arriva il Re dei Morti. Correte!»

FERN

Mi svegliai a causa dell'ululato proveniente dall'esterno. Avevo i crampi alle gambe, come se fossi pronta a fuggire. Mi obbligai a rilassarmi, muscolo per muscolo, mentre ascoltavo gli ululati. Sembravano quasi familiari, si intrecciavano l'uno all'altro in una splendida e triste melodia.

C'era ancora la tenda a separarmi dalle altre. Dalla parte opposta, una ragazza piangeva sommessamente. «Perché ululano in questo modo? Sono feriti?»

«Un Guerriero mi ha detto che hanno perso la loro compagna» rispose Juliet.

«Una compagna li salverebbe, vero?» chiese un'altra.

«Sì, ma ora non possono reclamarne una. Non sono più in sé, le farebbero del male» spiegò Juliet.

«È così triste» intervenne Meadow.

«Cosa?» chiese Juliet.

«Ho sentito alcuni guerrieri dire che gli Alpha non vogliono che i lupi impazziti si avvicinino così tanto. Se non andranno via entro pochi giorni, saranno scacciati.»

Non riuscii a trattenere un suono d'angoscia. Meadow mi guardò e io sollevai una tazza sulle labbra per nascondere la mia espressione.

«Sembra davvero crudele» concordò Juliet.

«È vero, ma il branco non ha scelta» continuò Meadow. «I Berserker ci proteggono.»

Juliet sbuffò col naso.

«Tu lo faresti, Juliet?» le chiese Meadow.

«Fare cosa?»

«Accoppiarti con un Berserker»

«Non lo so. Sono… *ero* una suora. Ho fatto un voto di castità.»

«Ma se questo li salvasse?»

La porta si aprì e Jarl entrò nella stanza. Il suo sguardo si posò su Juliet, che arrossì.

Juliet si schiarì la gola e si alzò in piedi. «Sarà meglio che vada a vedere che carne ci hanno portato stasera le nostre guardie.» Si affrettò verso Jarl, che inarcò un sopracciglio con fare curioso e la seguì fuori.

«Non dovresti fare certe domande, Meadow» mormorò una delle ragazze più grandi.

«Ma io voglio sapere» protestò Meadow.

«Allora che mi dici di te? Ti accoppieresti con un Berserker, se questo potesse salvargli la vita?»

Meadow arrossì più di Juliet. «Dipende.»

«Da cosa?» chiese l'altra in modo brusco.

«Dal fatto che i guerrieri mi vogliano o meno. Due uomini che ti venerano… Te lo immagini?»

La ragazza bionda, Rosalind, scosse bruscamente la testa, ma non esattamente per esprimere una tacita condanna dell'altra. I suoi occhi cercarono improvvisamente i miei. «Perché non lo chiedi a Fern?»

«Cosa?» Meadow si voltò verso di me. «Perché tu dovresti saperlo?»

Armeggiando con la mia tazza, feci una lieve scrollata di spalle e scappai verso il retro del rifugio.

FERN

Allora

*P*ersi il conto del tempo che passò mentre i guerrieri mi trasportarono attraverso l'oscurità. Dagg e Svein si separarono ben presto dal resto del gruppo, andando avanti mentre il vento puzzolente vorticava tutt'intorno a noi. Dagg scomparve per un po' e Svein si accucciò ad aspettarlo. Il freddo si insinuava, con le sue dita gelide, all'interno dei miei abiti sottili. Quando Dagg tornò, porse a Svein una spessa pelliccia. Il Guerriero dal viso stretto me la avvolse intorno prima di proseguire. Di nuovo al caldo, premetti il viso nell'incavo del suo collo e mi addormentai.

Aprii gli occhi alla luce soffusa. Spostandomi un po', sbirciai dalla pelliccia e notai che mi trovavo in uno spazio chiuso e oscuro. Una sorta di caverna. Dagg era accovacciato all'ingresso, intento ad alimentare un fuocherello. Il suo grande corpo proteggeva la fragile fiamma dal vento.

«Dormito bene?» Svein mi offrì una borraccia, e un po' di carne essiccata dopo essermi idratata di nuovo.

Anche Dagg si avvicinò per offrirmi un'altra pelliccia, stavolta più grande. Me la avvolse intorno alle spalle e mi sollevò i capelli. «Così bella» mi ammirò. «Piccola rossa.»

Sbattei le palpebre e lui mi tirò con dolcezza una ciocca ramata. «Niente più parole? Non importa. Possiamo aspettare che ritrovi la voce.»

Ci sedemmo nella grotta e ci riposammo. Fuori, la nebbia si era infittita talmente tanto che non sapevo più se fosse giorno o notte.

«Il Re dei Morti è uno stregone» mi spiegò Svein. «Lancia incantesimi per controllare il tempo, per confonderci e portarci al suo nascondiglio. Rimarremo qui finché non capiremo cosa fare.»

«Vuole te» disse Dagg, e per qualche motivo io immediatamente gli credetti, anche se sembrava troppo assurdo per essere vero. «Non può averti, però: appartieni a noi, ora.»

Per qualche ragione, la sua affermazione non mi spaventò.

Man mano che il tempo passava, fuori si faceva sempre più buio. Fissai la nebbia finché non vidi delle sagome che si muovevano nella penombra. Cercai di uscire dal mio stato di trance, ma le ombre si ingrandirono, trasformandosi in un enorme scheletro che allungava una mano ossuta verso di me...

Balzando in piedi, urlai.

Una sagoma scura mi si parò davanti, interrompendo la visione. Dagg.

Grandi mani si avvicinarono al mio viso per cingermi le guance. I miei occhi misero a fuoco l'espressione preoccupata di Svein.

«Piccola? Cos'era? Cosa hai visto?»

Mi aggrappai a lui. La visione era sparita. E lui mi aveva trascinata nella realtà, in qualche modo.

«Va tutto bene, ora sei al sicuro. Non lasceremo che il Re dei Morti ti prenda.»

FERN

Il Re dei Morti.

Mi svegliai, cercando di mettere insieme i pezzi dei sogni e dei ricordi. La mano scheletrica che spuntava dalla nebbia sembrava così reale…

Era notte. Il resto della capanna giaceva nel sonno. Ascoltai gli ululati solitari dei guerrieri banditi. Il vento fischiava nelle grondaie, ma era soltanto vento.

Mi appisolai, scivolando sempre più lontano dalla realtà.

Ero in un castello, camminavo attraverso una grande sala mentre una lunga fila di donne mi osservava in silenzio. Un re attendeva su una predella molto più avanti, e ogni passo che facevo sembrava un'agonia. Indossavo un abito e una collana, una semplice catena e una pietra bianco latte. I miei passi diventavano sempre più pesante, il gioiello un fardello intorno al collo. Quando raggiunsi le scale che portavano alla pedana, mi sentivo come se stessi guardando nell'acqua. Le donne continuavano a osservarmi, ma nessuna faceva una mossa per darmi una mano. Finalmente alzai lo sguardo e vidi il re – ed era fatto di ossa.

Inciampai all'indietro, e il gioiello sul mio petto si surriscaldò. Lo afferrai tra le dita.

«*Sì*», mormorarono le donne fantasma. Ma il re si avvicinò rapidamente, con il volto mostruoso contorto in un'espressione mortale. Le donne intorno a me svanirono.

«*Non parlare*», la terribile voce del re mi riecheggiò nella testa. Il gioiello nella mia mano, intanto, continuava a pulsare, tanto caldo da scottarmi.

Poi il re mi si parò davanti. Aprii la bocca per urlare, ma non ne uscì alcun suono.

«Fern?»

Mi svegliai di soprassalto, respirando a fatica.

«Calma», disse Juliet. «Stavi urlando.»

Era ancora buio, nel rifugio, e tutte le altre stavano dormendo. Juliet aveva tirato indietro la tenda che mi separava dal resto dell'ambiente. Alla luce del fuoco, aveva un aspetto stanco.

«Cosa c'è? Un brutto sogno?»

Un terribile peso mi premeva sul petto. *Non parlare. Non parlare.* Digrignai i denti finché le lacrime non mi velarono gli occhi.

«Oh, Fern...» Juliet mi abbracciò. «Stai soffrendo così tanto. Mi fa male vederti in questo modo.» Il suo profumo mi avvolse, la dolce fragranza dell'acqua di rose. Prima di allora, nell'abbazia, aveva curato un intero giardino di rose per poi distillarne l'essenza e, anche lì, nella capanna, emanava ancora quello stesso profumo.

Tirai un sospiro profondo e mi allontanai, accarezzandole il viso in segno di ringraziamento. Era gentile, ma non potevo dare a lei il mio fardello.

C'era stato solo un momento in cui ero stata libera dalle visioni. Avrei dato qualsiasi cosa per tornare di nuovo a quel tempo.

FERN

Dopo il sogno del castello, non riuscii più fermare le visioni. Arrivavano in modo incontrollato, tormentando i miei giorni. Non osavo guardare l'acqua nella mia tazza o il calderone del brodo, men che meno il fuoco. Le ragazze più giovani, ormai, si erano abituate a vedermi cadere in trance e mi prendevano persino in giro. Juliet, invece, mi teneva d'occhio più da vicino, con la preoccupazione scritta sul volto. Di tutte le mie amiche, era l'unica a capire cosa stesse succedendo. Mi aiutò a nasconderlo alla nostra guardia Berserker. Fu facile, perché ormai il tempo si era guastato e non uscivamo più dal rifugio.

«Da quanto tempo hai le visioni?» mi chiese Juliet sussurrando, un pomeriggio. Eravamo sedute in un angolo ed era stata intenta ad accendere il fuoco, quando un'altra delle mie visioni mi aveva presa all'improvviso. Era durata solo un attimo, ma ero comunque riuscita a perdermi così tanto da scivolare, bruciandomi la mano.

Osservai le belle dita bianche di Juliet tamponare della salvia sulla mia scottatura, e non le risposi.

«Non c'è niente di cui vergognarsi. So che le suore ti hanno minacciata, quando volevi parlarne.»

Avevano fatto più che minacciare. All'abbazia, le suore mi rinchiudevano, quando mi scoprivano in trance e decidevano di non picchiarmi. Avevo imparato a nascondermi, a rimanere in silenzio. Ma cosa sarebbe successo, quando le parole mi sarebbero sfuggite di bocca?

«Fern.» Juliet terminò di fasciarmi la mano e prese tra le dita quella buona. «Credo che siamo davvero al sicuro, qui. Gli Alpha si consultano con le streghe. Le loro compagne si allenano con una di loro… Forse potresti parlarci—»

Scossi la testa. Le mie visioni erano opera del demonio: sarei stata etichettata come figlia di un demone e mi avrebbero cacciata via, o peggio. I guerrieri non avrebbero potuto tollerare una donna malata tra loro, intorno alle loro preziose compagne.

«Sono preoccupata per te, Fern.» Per un attimo Juliet mi accarezzò i capelli, poi aggiunse, pensierosa: «Hai dei capelli così belli. Dovresti portarli scoperti più spesso.»

Avevo i capelli rossi come quelli di mia madre. «Un colore da puttana» mormorai.

«Te l'hanno detto le suore?»

Annuii.

«È stato scortese.» Si accigliò.

«Tu eri una suora» le ricordai dolcemente, sorpresa che non condividesse le opinioni delle mie tormentatrici.

«Innanzitutto ero un'orfana e, anche dopo aver preso i voti, ero la più giovane dell'ordine e non sono mai stata una buona suora.»

Dissentii in silenzio. Juliet era sempre stata pia e gentile, anche quando indossava l'abito. Era una suora migliore delle altre.

«Non ha importanza ora, vero? Non lo sono più. Nemmeno io sono riuscita a sfuggire al mio destino.»

Intendeva il destino di una profetessa, ma si riferiva al rapimento o alla febbre?

«Dio mi ha abbandonato. O forse non gli è mai importato.»

Le toccai la mano.

«Oh Fern, cosa devo fare?» Rivolse lo sguardo verso il muro, nascondendosi con cura agli occhi delle altre. Adesso toccava a me confortarla, ma non avevo alcun consiglio da darle. Più aumentava il calore dell'accoppiamento, più era probabile che un Guerriero scoprisse il suo segreto. Anche se era stata una suora, Juliet era giovane e bella. Era anche una profetessa, ed erano rare. Quando il calore si abbatteva su di lei, nemmeno mille fasci di erbe riuscivano a coprire il suo odore. Se i Berserker l'avessero scoperto, non l'avrebbero mai lasciata andare.

La porta del rifugio si aprì, e voci maschili riecheggiarono dall'altra parte del focolare. Juliet abbassò la testa e si asciugò le lacrime appena un attimo prima che Jarl facesse il suo ingresso. Il suo sguardo si spostò su tutta la stanza, finché non trovò Juliet e si fissò su di lei. L'ex suora sollevò il mento e incontrò lo sguardo dell'uomo lanciandogli un'occhiataccia.

«Cosa vuoi?» La sua voce era fredda, libera dal tremore che aveva pochi istanti prima.

«Abbiamo delle provviste. Rifornimenti. Sta arrivando la neve… Una bufera di neve.»

«Rimarremo bloccate qui?» intervenne Meadow.

«Forse sì, forse no» le rispose Jarl, ma non ci volle molto perché il suo sguardo tornasse su Juliet. «Ad ogni modo, saremo preparati. Stiamo accatastando altra legna, fuori.»

«E il pane?» chiese Juliet. «Dovremmo andare a trovare Laurel finché siamo in tempo?»

«Ci andrò io. Le raffiche stanno già scendendo. Potrebbero aumentare rapidamente, ed è difficile vedere bene. È facile perdersi e cadere dalla montagna.»

«Ti perderai?» chiese Violet.

Jarl sorrise e si accovacciò per poter guardare in volto la giovane. «No, starò bene. I Berserker hanno più sensi, oltre alla vista.»

«E i guerrieri scomparsi?»

«Scomparsi?» chiese Jarl, e i suoi occhi incontrarono quelli di Juliet, appena sopra la testa di Violet.

«I lupi che non sono sulla montagna» gli ricordò la suora. «Quelli che ululano.»

«Ah. Loro. Abbiamo riferito agli Alpha degli ululati. Abbiamo l'ordine di scacciarli non appena smette di nevicare.»

Come se sapessero che parlavamo di loro, l'ululato ricominciò. Mi rilassai, rendendomi conto che stavo soltanto aspettando che quel suono fosse arrivato a rassicurarmi.

Jarl andò via poco dopo, e io mi avvicinai alla porta per sbirciare fuori. Certo, il cielo era grigio e nell'aria volteggiavano già dei fiocchi bianchi.

Nella mia mente aleggiò un ricordo, che poi riemerse completamente. Dagg e Svein che mi portavano in braccio attraverso la nebbia. Mi ero preparata a difendermi dalle visioni dell'inquietante scheletro spettrale, ma non erano tornate. Dagg e Svein le tenevano lontane. Quella fu l'ultima volta che mi sentii al sicuro.

«Quei poveri guerrieri...» mormorò Juliet. Mi diede una pelliccia da mettere sulle spalle e mi lasciò a osservare la neve che cadeva.

FERN

Fedele alla sua parola, Jarl tornò con cesti di pane e pasticci di carne. Sia lui che alcuni altri guerrieri entrarono e uscirono con le braccia piene di legna per il grande focolare, lasciando le orme innevate dei loro stivali ogni volta che entravano. Quando la fiamma venne accesa, Meadow e alcune ragazze invitarono i guerrieri a restare per riscaldarsi. Juliet rivolse loro un'occhiata severa, ma non si oppose.

«Soltanto per un po', poi dobbiamo tornare al nostro posto.»

«Gli Alpha non si aspetteranno che facciate la guardia nel bel mezzo di una bufera di neve?» chiese Meadow intanto che, insieme a Violet, serviva del tè caldo ai guerrieri.

«Siamo abituati alla neve» le spiegò Jarl. «Veniamo dalle Terre del Nord, terre di ghiaccio e montagne.»

«Come siete arrivati qui?»

«Su velieri con polene a forma di drago che volano sull'acqua.» Jarl fece l'occhiolino a Violet e accettò un panino dai cesti di Laurel.

«Davvero?» chiese la giovane.

«Davvero. Sai come sono nati i Berserker?» Quando lei scosse la testa in diniego, lui si mise a raccontare la storia, parlando abbastanza forte perché l'intero rifugio di guerrieri e giovani donne potesse sentire.

«Molto tempo fa, un grande re desiderava governare la terra. Radunò un esercito di guerrieri, e incaricò i migliori di un compito speciale.»

«Come ha fatto a scegliere i migliori?» La domanda provenne da Rosalind.

«Il re ha posto delle sfide a tutti i guerrieri. Combattevamo in finte battaglie e gareggiavamo per il suo favore. I migliori di noi vennero mandati da una strega che ci lanciò un incantesimo, donandoci grandi poteri e capacità di combattimento ancora maggiori.»

«La strega Yseult?» chiese Meadow.

«Una strega diversa. È successo più di cento anni fa.»

«Così tanto tempo fa? Ma come fate a essere ancora vivi?» Rosalind si accigliò come se la loro lunga vita fosse un affronto personale.

Jarl le fece un finto inchino. «Magia, mia signora. L'incantesimo della strega ci ha donato forza e velocità superiori. Abbiamo combattuto per il re e gli abbiamo conquistato un regno. Tuttavia, il nostro potere aveva un prezzo: la magia ha risvegliato la Bestia assopita dentro di noi che diventa irrequieta in tempi di pace. Se non stiamo attenti, ci farà impazzire.»

«Molti Berserker hanno già ceduto», aggiunse uno degli amici di Jarl, Fenrir. Alto, con una leggera cicatrice sulla guancia, Fenrir era un uomo di poche parole, ma che osservava molto. Come Jarl, anche il suo sguardo cadeva spesso su Juliet. La suora li ignorava entrambi, troppo concentrata a farsi delle trecce con la sua lunga chioma scura e riccia.

«La magia che ci ha creati ci permette di formare dei legami tra noi. Legami del branco, così come un legame fraterno con un altro Guerriero per sostenerci a vicenda quando arriva la furia della battaglia. È così che alcuni di noi sono sopravvissuti, ma per altri sarebbe meglio reclamare presto una compagna.» In quel momento, Jarl spostò lo sguardo su Juliet, con enorme audacia.

«Due uomini e una sola donna?» Juliet alzò il mento in segno di sfida. «Spiegami come può essere giusto agli occhi di Dio.»

«Noi non crediamo in un solo dio» le rispose Jarl.

«Questa è blasfemia.»

«Non per noi» disse lui, inclinando di lato la testa. «Sei arrabbiata perché non veneriamo il tuo? Dicci il suo nome, e lo aggiungeremo alla nostra fede. Abbiamo molti Dei, c'è posto per un altro.»

Juliet strinse le labbra in una linea e spostò lo sguardo altrove.

«Io penso non ci sia nulla di male, che due uomini reclamino una sola compagna» disse Meadow pensierosa, «purché la donna sia felice. Le nostre amiche lo sembrano.»

Juliet si alzò e lasciò la stanza. Jarl fece un cenno a Fenrir, che la seguì.

«È vero che gli Alpha ci costringeranno a scegliere un compagno?» chiese Meadow.

Jarl fece una pausa prima di rispondere. «Gli Alpha non vogliono costringere nessuno—»

«Ma lo faranno, vero?» esordì Rosalind con amarezza. «Quando arriverà il calore, saremo costrette a prendere un compagno.»

Jarl parlò con cautela. «La questione, in realtà, è cosa desidererete in quel momento. Gli Alpha vi proteggeranno dal branco, ma la febbre delle profetesse è difficile da sopportare.»

«E se abbiamo la febbre ma non vogliamo scegliere un compagno?» incalzò Rosalind.

«Gli Alpha non vogliono che soffriate» mormorò Jarl.

Rosalind si sporse in avanti. Sua sorella minore, Aspen, una ragazza dell'età di Violet, le sedeva accanto. «Quindi saranno loro a sceglierci un compagno tra i guerrieri?»

«Loro… vi incoraggeranno a scegliere dei compagni. Per il bene del branco, così come per il vostro.»

Rosalind trattenne una risata. Sedeva rigida e dritta, con i lunghi capelli dorati che le ricadevano sulle spalle come un mantello. Molti Berserker l'avevano notata, ma lei li ignorava tutti.

«È così grave?» Un altro Guerriero dai capelli rossi parlò dal suo posto, vicino alla porta. «Le vostre amiche che si sono accoppiate sono felici.»

«Almeno nell'abbazia avevamo una scelta. Non eravamo obbligate a prendere marito, potevamo diventare suore» sbottò Rosalind.

«Sì, ma adesso l'abbazia non c'è più. Il Re dei Morti aveva mandato dei rinforzi per impossessarsi di voi e distruggerla.»

«Così dici tu» disse Rosalind.

«Sai che è vero.» Il Guerriero alzò la voce. «Tu eri insieme alla banda di guerrieri che è stata disfatta. Tu e tua sorella siete state quasi rapite. Siamo entrati nel covo dello stregone per liberarvi—»

«Basta», ordinò Jarl. «Tyr, abbiamo bisogno di altra legna per il fuoco.»

Scuotendo la testa in direzione di Rosalind, il Guerriero dai capelli rossi si allontanò. Rosalind sbuffò e afferrò la mano della sorella, conducendola sul retro del rifugio, lontano dai guerrieri.

Si creò un silenzio imbarazzante.

«I Berserker vogliono proteggerci, giusto?» chiese Meadow.

«Giusto» rispose Jarl con un po' di sollievo. «Il Re dei Morti vi reclamerebbe tutte, se potesse.»

«Perché?» chiese Violet.

Jarl scrollò le spalle. «Le streghe dicono che usa le profetesse per alimentare la sua magia nera.»

«Ma voi siete abbastanza forti da batterlo?»

Una luce infuocata scintillò negli occhi di Jarl, che diventarono d'oro. «Lo siamo. Faremo tutto ciò che è in nostro potere per tenervi al sicuro.» Con quelle parole, si allontanò dal focolare, percorrendo la strada che avevano preso poco prima Juliet e Fenrir.

«Perché lo chiamano Re dei Morti?» chiese Meadow a bassa voce a uno dei guerrieri rimasti, che rispose sussurrando a sua volta. Mi sforzai di sentire.

«Perché ha radunato un esercito di cadaveri che combattono per lui. Inoltre, alcuni dicono che lui stesso è un cadavere.»

Una mano che esce dalla nebbia. Dita ossute che si protendono da uno scheletro...

Mi svegliai dalla mia trance e sbattei le palpebre.

«Fern?» mi chiamò Violet, e io mi allontanai dal fuoco e dalla mia visione. Conoscevo la figura che infestava i miei sogni. Improvvisamente, non potevo sopportare la prossimità di nessuno. Afferrando un secchio che usavamo per prendere l'acqua, mi diressi all'esterno. Juliet era in piedi con le spalle al muro, intenta a tenere testa sia a Jarl che a Fenrir. Aveva le guance rosse e gli occhi scintillanti mentre discuteva con i due. Le loro voci non si sentivano poi così tanto, e non si accorsero nemmeno di me che gli passai accanto di fretta. Stringendomi la pelliccia sulle spalle, mi diressi nel freddo pungente. Il vento mi intorpidì il viso, ma lo accolsi con favore, sapendo che era reale e non una visione.

Jarl aveva ragione. I guerrieri che mi avevano portata via dall'abbazia mi avevano detto che mi avrebbero tenuta al sicuro dal Re dei Morti. Lo avevano fatto, era vero, almeno finché la follia non li aveva fatti impazzire e il resto del branco li aveva scacciati.

Quando finii di riempire il secchio di neve, i lupi scomparsi presero di nuovo a ululare. Riuscivo a percepire la solitudine che tingeva le loro voci.

Se fossi riuscita a trovare Dagg e Svein, avrebbero potuto aiutarmi. Avrebbero potuto tenere a bada i sogni e le visioni.

Sarei andata via, mi sarei rivolta ai banditi: la mia unica speranza.

FERN

Mi svegliai appena prima dell'alba. Dopo aver spezzato il pane con noi, i guerrieri si erano riuniti fuori dalla capanna. Avevano messo su un fuoco abbastanza grande da resistere alla neve e stavano sotto la grondaia, a passarsi una brocca di idromele. Il resto del rifugio era tranquillo. Juliet non era a letto, per fortuna. Di tutte le ragazze, lei sicuramente avrebbe indovinato perché ero andata via. Meglio che non mi vedesse partire, così non avrebbe saputo nulla, se i Berserker l'avessero interrogata.

Portando con me solo un sacchetto di cibo e pochi averi, sgattaiolai fuori dal retro. I miei stivali erano nuovi e legati ai polpacci, il cuoio oliato avrebbe tenuto lontana l'umidità, ma sentivo ancora freddo quando misi un piede nel banco di neve alto fino al ginocchio. Mi affrettai lungo il sentiero posteriore, dirigendomi verso il luogo dove avevo lasciato il pane per i guerrieri scacciati. Erano giorni, ormai, che gettavo pagnotte sul lato della montagna, sgattaiolando fuori dalla capanna con la scusa di cercare delle erbe. Ero silenziosa e furtiva come lo ero stata tra le mura dell'abbazia, e nessuno si accorgeva mai del mio arrivo o della mia partenza. Potevo benissimo ricordare un passero invernale che saltellava sui cumuli di neve, con lo scialle marrone che nascondeva i miei capelli luminosi.

La neve aveva smesso di cadere. Qualche fiocco danzava ancora nell'aria, soffiato dai rami degli alberi completamente ricoperti. La Luna faceva capolino da dietro qualche nuvola, ma conoscevo il sentiero abbastanza bene da non aver bisogno di vederlo. Scesi lungo la montagna fino a raggiungere la sporgenza più bassa. Lì cercai qualsiasi segno del passaggio di qualche Guerriero, ma fu inutile. Gli ululati erano cessati ore prima. Aspettai un po', rabbrividendo nelle profonde distese di neve e sperando che i lupi ricominciassero il loro solitario richiamo che mi avrebbe guidata nella direzione giusta. Mai nessuno era stato così ansioso di trovare due Bestie impazzite. Quasi sorrisi al pensiero.

Infine, rinunciai ad attendere oltre. Davanti ai rovi, scelsi una direzione e cominciai a trovare la strada per scendere dalla montagna.

A metà strada, ricominciò a nevicare. Le nuvole coprivano la Luna e le raffiche arrivavano veloci e dense. Continuai a spingermi avanti nella bufera di neve, ma ben presto mi ritrovai in difficoltà ad attraversare i cumuli. Tuttavia, non osai fermarmi. Dopo la tempesta, i lupi banditi sarebbero stati cacciati via. Non avrei dormito finché non li avessi trovati.

Dopo un po' di tempo – forse qualche minuto, o persino qualche ora di stanchezza – la neve cessò. Su, in alto, riuscivo a vedere la luce del fuoco del Guerriero di guardia. Se si fossero accorti della mia assenza sarebbero venuti a cercarmi, e non avrei più avuto un'altra possibilità di fuggire.

Mi spinsi avanti.

Alla fine, i massi svanirono, lasciando il posto agli alberi. Mi lanciai tra essi, e le mie tracce vennero rapidamente coperte dai fiocchi di neve che ancora cadevano. Avevo i piedi intorpiditi, così come le mani, e le guance mi dolevano per il freddo.

Forse avevo commesso un errore, ma dovevo andare avanti. Avevo passato tutta la vita attorniata da persone che non mi desideravano, che non mi amavano; Dagg e Svein, invece, mi avevano voluta. Dovevo tenerlo bene a mente.

Inciampai e mi mantenni in equilibrio. Arrancando verso un albero, mi riposai contro il tronco finché i miei occhi non rimisero a fuoco ciò che mi circondava e il mondo sembrò improvvisamente più dritto. Fu allora che mi resi conto che il terreno era pianeggiante.

Ce l'avevo fatta. Avevo lasciato la montagna.

Dietro di me c'era una leggera depressione, e le mie tracce nella neve. Ancora poche ore e la tempesta le avrebbe cancellate. I Berserker avrebbero avuto difficoltà a rintracciarmi. Ora dovevo soltanto sopravvivere abbastanza a lungo per trovare i miei vecchi compagni.

Quando le mie gambe divennero troppo stanche per proseguire, strisciai sotto una cicuta. Non c'era neve, sotto la spessa pergola di rami. Spinsi via i ramoscelli per sdraiarmi nel bozzolo scuro, una sacca di calore asciutto sotto il peso della neve. Mi avvolsi nel mantello e mi addormentai.

SVEIN

*L*a neve spessa si ammucchiava tra le file di alberi scuri. Il mio mondo era in bianco e nero, semplice e pulito. Il freddo smorzava qualsiasi odore, tranne quello acuto del cielo e dei fiocchi che cadevano. Mi arrampicai su una grande roccia e riposai un po', lasciando che la neve si accumulasse sempre di più. Mi ero svegliato presto per marcare il territorio, passando di albero in albero per lasciare il mio odore sulla corteccia, segnando un confine netto che avrei difeso fino alla morte. Il mio territorio, ormai, era tutto ciò che mi rimaneva.

Il lupo nero arrancava tra i cumuli bianchi, con il naso abbassato come se fosse a caccia. Aspettai che superasse la pineta e si avvicinasse alla mia pietra prima di alzare la testa e ringhiare.

Il lupo nero si fermò e mi guardò. I suoi occhi dorati erano chiari, ma non passava inosservata una nota appena percettibile del suo odore: la puzza aspra della follia.

Non ci sarebbe voluto molto. Avevamo passato innumerevoli notti ai piedi della montagna, banditi dalla sicurezza di casa nostra ma incapaci di lasciarcela alle spalle. Quante Lune avevamo salutato, intrecciando le nostre voci in un canto malinconico? Quante Lune da quando mi aveva voltato le spalle, ringhiando, e mi aveva scacciato come un nemico? Ora segnavo attentamente il mio territorio e aspettavo passivamente la fine di tutto.

Il lupo nero inclinò di lato la testa come se cercasse di riconoscermi. Una volta lo conoscevo anch'io, ma ora non più: ora era solo un altro mostro che abitava i boschi.

Mi preparai alla lotta ma, in un attimo, il mio avversario sbuffò e trotterellò via. Quindi, continuai per la mia strada, in attesa che un uccello o uno scoiattolo si avventurasse nella neve e diventasse una cena abbastanza facile da procurarmi. Il freddo non penetrava nella mia pelliccia, ma le mie ossa ricordavano gli inverni di quando ero bambino. Le bufere di neve non erano così terribili, qui, ma un uomo normale non sarebbe durato a lungo.

Meno male che non ero più un uomo.

Una parte di me desiderava seguire il lupo nero e attaccarlo, ma resistetti all'impulso. I lupi non combattono per il semplice gusto di farlo: in questo aspetto non sono come gli uomini.

Sarebbe arrivato il giorno in cui la brama di battaglia avrebbe fatto da padrona, ma oggi non era quel giorno.

Saltai giù dalla roccia e annusai le tracce del mio compagno lupo. Ci saremmo incontrati di nuovo, ne ero sicuro. Ma, fino ad allora, sarei rimasto nel mio territorio.

Arrivai fino alla montagna prima di fermarmi di nuovo. La neve era costellata di tracce fresche. A giudicare dall'aspetto, l'intruso era minuto, a malapena in grado di arrancare attraverso gli spessi cumuli di neve. Chiunque fosse, non sarebbe andato lontano, con quella tempesta. Una facile preda per un cacciatore molto forte.

Più mi avvicinavo e più il mio naso si riempiva dell'odore di questa preda. Un odore umano, femminile... e qualcos'altro.

Un odore intrigante. Piegai la testa e lo seguii.

FERN

*I*l freddo mi perforava i polmoni mentre strisciavo fuori dal mio nascondiglio. Mi ci vollero alcuni minuti per spingere via i rami carichi di neve, ma alla fine barcollai fuori, in un mondo completamente bianco. Aiutandomi con le dita irrigidite, mangiai un po' di neve.

Un paesaggio desolato, bianco e sterile, si estendeva davanti ai miei occhi e alle mie spalle. Desideravo che i lupi ululassero di nuovo. Forse erano stati sepolti dalla neve, forse erano morti per la disperazione.

Con quel tetro pensiero a offuscarmi la mente, proseguii.

* * *

Svein

Durante la caccia, riuscii a riconoscere l'odore della mia preda, fresco e inusuale, totalmente diverso dall'odore gelato del freddo. Ogni impronta emanava una leggera nota di erbe

59

balsamiche, insieme al gusto affumicato della legna da fuoco. Sotto questi aromi, una dolcezza seducente, quasi floreale. Come una primavera dimenticata da tempo.

Quando raggiunsi la mia preda, mi ero già innamorato del suo profumo. Ne ero ubriaco.

Una sagoma si muoveva davanti a me, scura e goffa tra la neve. Rallentai e mi nascosi dietro alcuni cespugli, nonostante non corressi il pericolo di essere scoperto. La mia preda era stanca, vacillava, passo incerto dopo passo incerto.

Le cadde il cappuccio dalla testa, e i suoi capelli brillarono alla luce del Sole. Rossi, brillanti come il petto di un pettirosso.

Cadde. Prima che me ne accorgessi, avevo abbandonato la copertura e mi ero precipitato al suo fianco. Mentre mi avvicinavo, rallentai, seguendo attentamente la mia preda.

Gli occhi della giovane donna erano chiusi, ma non potevo sbagliarmi: era quella che io e Dagg avevamo preso dall'abbazia, quella che avevamo reclamato prima di—

Chinai la testa vicino a lei. Era ancora viva. Per un momento, si contorse un po', come se mi percepisse accanto. I fiocchi di neve le si posarono sulle guance. I primi si sciolsero, ma poi cominciarono ad accumularsi.

Gli Alpha ci avevano detto che avrebbero tenuto al sicuro le profetesse. Lo avevano promesso. Perché lei era qui? Cosa l'aveva spinta a uscire durante una bufera di neve?

Le sue labbra stavano diventando violacee. Se fosse rimasta fuori, al freddo e al gelo, non sarebbe durata a lungo.

Gettai indietro la testa e ululai. Lentamente, per la prima volta dopo mesi, attinsi alla mia forza Berserker e mi trasformai.

FERN

Il dolore mi percorse le membra e gridai. Qualcuno stava imprecando, un suono gutturale più simile a un ringhio che a una voce.

«Dannata neve…»

L'aria fredda mi soffiò sul corpo, e mi raggomitolai su me stessa.

«No, no» ordinò la voce burbera. Delle grandi mani afferrarono le mie e presero a sfregarle. Lentamente, le mie dita si distesero. Gemetti per il dolore formicolante.

«Hai ancora sensibilità agli arti. Buon segno. No, non oppormi resistenza: adesso sei al sicuro.»

Cercai di parlare, ma improvvisamente cominciai a battere i denti. Un secondo dopo, l'uomo mi infilò in una sorta di buco caldo. A poco a poco, i brividi mi abbandonarono. Cercai nuovamente di pronunciare un nome, ma non uscì alcun suono dalla mia bocca.

«Tranquilla. Adesso riposa, colombella.» Appoggiai la testa contro una parete robusta e liscia, ascoltandone il battito.

«Come ti è saltato in mente di uscire nel bel mezzo di una

bufera?» La voce roca suonava più umana ogni secondo che passava.

Mi accoccolai più vicino a lui e lasciai che il sonno mi travolgesse.

Quando mi risvegliai, mi trovavo di fronte a un fuoco scoppiettante. Era calata di nuovo la notte. Il freddo incalzava, il flebile calore del fuoco riusciva a malapena a tenerlo a bada.

Un'ombra si mosse alle mie spalle. «Piccola, sei sveglia?»

Annuii.

Una grande mano vagò su di me per trovare e stringere la mia mano. «Hai troppo freddo. Devo andare via presto per cercare della carne.»

Frugai tra le pieghe dei miei abiti finché non trovai l'apertura del mio sacco. Mi dolevano le dita, ma funzionavano ancora. Il Guerriero sospirò profondamente quando ne tirai fuori una pagnotta dura.

«Pane? Ce lo stavi lasciando tu?»

Annuii.

La sua barbetta mi sfiorò il viso. «Oh, piccola. Cosa abbiamo fatto per meritarti?»

Accettò le provviste con estrema riverenza. Troppo stanca per mangiare, mi sdraiai di nuovo e mi si chiusero gli occhi, ancora.

Per lunghi minuti lottai contro il sonno, desiderando di restare ancora un po' con il mio soccorritore. Il calore si insinuò sulle mie membra.

Avrebbero potuto essere minuti, oppure ore, ma alla fine uscii dal torpore e tornai in me quel tanto che bastava per capire dove mi trovassi. Ero sdraiata su un fianco, tra il Guerriero e la roccia liscia. Quando girai la testa, mi strinse il fianco con le dita: sembrava contento che fossimo così vicini. Il suo calore penetrava nel mio corpo, dandomi la forza necessaria.

«Mi hai fatto prendere uno spavento», brontolò.

Mi sollevai e lo guardai negli occhi. Era il Guerriero dai capelli chiari dell'abbazia, dall'aspetto stanco e più selvaggio. Portava i capelli lunghi, la barba chiara arruffata e piena di nodi. Ma era Svein, era proprio lui.

Gli accarezzai il viso.

Girò la testa e mi mordicchiò affettuosamente le dita, poi se le portò alle labbra. «Avresti dovuto almeno fasciarti le mani. Avevo paura che perdessi un dito, tanto eri fredda.»

Mi sdraiai di nuovo, rannicchiandomi ancora contro di lui.

«Non ti avrei trovata, se non fosse stato per i tuoi capelli. Un fuoco nella neve, luminosi come il petto di un pettirosso.» Tirò alcune ciocche, poi le lisciò. Sentii il suo corpo ancora più stretto al mio. «Ti manco?»

Annuii.

«Non saresti dovuta venire. Siamo stati banditi, io e Dagg. Non credo tu sia qui per dirci che gli Alpha ci hanno concesso il perdono.»

Scossi la testa.

«Come pensavo.» Sembrava così stanco, troppo diverso dal Guerriero sorridente che mi aveva portata via dall'abbazia. Era sempre stato il più spensierato della coppia.

Dov'era Dagg? Mentre pensavo, si levò un ululato. Veniva da vicino.

Alzai il capo, guardando di fronte a me.

«Non si avvicinerà al fuoco. Non è più in sé, ormai. Mi dispiace, piccola.» Svein continuava ad accarezzarmi i capelli, come per darmi conforto. Qualcosa mi diceva che era anche un modo per confortare se stesso. «Se volevi vedere mio fratello Guerriero, sei arrivata troppo tardi.»

JULIET

*L*e mattine nella capanna delle profetesse senza compagno erano molto simili a quelle nell'abbazia.

Come ex orfana diventata suora, mi era stato affidato spesso l'incarico di sorvegliare le nuove reclute dell'abbazia. Soltanto che adesso non avevo più la Madre Superiora a controllare ogni mia mossa, ma dei giganteschi guerrieri Berserker.

Era il terzo giorno di bufera, e le ragazze erano irrequiete.

«Mi annoio.» Meadow si buttò sul letto, sgualcendo il suo abito. Mi morsi la lingua.

«Possiamo andare da Laurel?» chiese Violet.

«No, tesoro.» La presi in braccio e la sistemai accanto a Meadow. «Sta nevicando troppo forte. Forse, se glielo chiedi con gentilezza, Meadow potrebbe farti le trecce.»

«Prima ha bisogno di una lavata» disse Meadow, ma si mise prontamente a sedere e cominciò a separare le ciocche di capelli della più giovane per facilitarne l'intreccio.

«Sì, quando possiamo lavarci?» intervenne Rosalind. Era seduta in un angolo con sua sorella Aspen. Le due ragazze erano ordinate e immobili come bambole. Le trecce di Aspen erano perfette.

«Quando si scioglierà la neve, stupidina» disse Meadow.

«Meadow!» la rimproverai. «Possiamo prendere la neve e scioglierla in una tinozza.»

«Perché non lo facciamo fare ai guerrieri?» chiese Rosalind. «Sono ansiosi di aiutarci. Specialmente te, Juliet.»

Feci una pausa, cercando di carpire qualsiasi nota di rancore nella voce di Rosalind. Era una ragazzina molto pungente.

«Preferirei non disturbare le nostre guardie» risposi.

«Perché no?» chiese Meadow. «Sarebbero felici di accontentarti, specialmente Jarl e—»

«Hanno cose più importanti di cui occuparsi» dissi con fermezza, per poi alzarmi e avvicinarmi al focolare. Speravo che dare le spalle all'intera stanza avrebbe messo fine alla questione. Meno chiedevo ai guerrieri, meglio era. Non volevo attirare su di me attenzioni di qualsiasi natura.

Fino a quel momento, nessuno aveva notato le mie assenze. Era solo questione di tempo prima che il segreto venisse a galla, e allora tutti avrebbero saputo che soffrivo della febbre delle profetesse.

«Non è giusto», mormorò Meadow. «Sage, Willow e le altre vanno e vengono a loro piacimento, mentre noi siamo bloccate qui.»

«Le nostre amiche non vanno e vengono a loro piacimento» dissentì Rosalind. «Sono accoppiate.» La smorfia che assunse la sua bocca rivelò alla stanza che pensava fosse un destino peggiore della morte, o della schiavitù.

Meadow scrollò le spalle. «Hanno dei guerrieri che si prendono cura di loro e soddisfano ogni loro bisogno. Che c'è di male?»

«Forse dovresti andare a convincere i guerrieri a prepararti un bagno. Sembri impaziente di essere reclamata da qualcuno» sogghignò Rosalind.

«Basta.» Mi allontanai dal focolare. «Meadow, finisci di intrecciare i capelli di Violet. Il resto di noi metterà in ordine la capanna. Io vedrò di procurarmi della neve per lavarci.»

«Maledetta questa bufera di neve e questa capanna» brontolò Meadow. «Sarei felice di accoppiarmi con un Guerriero, se solo mi permettesse di andarmene.»

«Potresti sempre sgattaiolare fuori di notte» suggerì Rosalind. Mi vennero i brividi e, quando mi girai la sorella maggiore bionda mi stava guardando dritto negli occhi.

«Non lo consiglierei» dissi freddamente. «Chissà quali bestie pericolose si nascondono su questa montagna...» Dentro di me, stavo tremando. Rosalind conosceva il mio segreto? Lo avrebbe rivelato?

«Hai mandato qualcuno da Laurel per il pane, stamattina?» interruppe Violet.

«No», dissi, e mi congelai sul posto quando la ragazza indicò un letto vuoto.

«Allora dov'è Fern?»

FERN

Svein ed io ci sdraiammo vicini per osservare la neve cadere. Aveva trovato una sporgenza rocciosa e ci si era infilato sotto insieme a me. Il suo enorme corpo mi scaldava dalla testa ai piedi.

«La tormenta finirà presto, poi ti sistemerò in un riparo migliore» mormorò. «È stato un inverno rigido. Non ti fa bene stare fuori con questo clima.» La sua voce era profonda e rilassante, ma triste. «Non saresti dovuta venire.»

Mi morsi il labbro. Quando la tormenta sarebbe finita, mi avrebbe rispedita indietro? Mi voltai per guardarlo negli occhi.

Gli occhi dorati ardevano su un viso magro. Portava la barba incolta, ma non sembrava impazzito, soltanto stanco. Forse un po' infastidito. Non mi voleva lì, dove sentiva di non potersi prendere cura di me.

Chinando la testa, mi strinsi al suo petto. Dovevo trovare un modo per convincerlo a tenermi ancora come sua compagna.

Nel frattempo, però, avrei dormito. Per la prima volta da

settimane, non mi preoccupavo più degli incubi: i miei guerrieri li avrebbero tenuti lontani, come avevano fatto prima.

Dopo un lungo periodo di riposo ininterrotto, mi svegliai con la voce di Svein che mi chiamava in lontananza.

«Svegliati, piccola. Devi mangiare.»

Mi portò una mano alle labbra e dell'acqua fredda mi invase la bocca. Neve sciolta. Accettai una bevanda e un po' di pane duro, poi Svein mi infagottò e mi sollevò senza alcuno sforzo, come se avessi avuto il peso di un dente di leone. Mi portò fuori, in un paesaggio bianco e accecante. Attraverso uno spiraglio tra le pellicce, mi guardai intorno per cercare suo fratello Guerriero, ma Dagg non si vedeva da nessuna parte.

Svein doveva aver notato le mie ricerche. «Ormai non c'è più. La Bestia si è impadronita della sua mente.»

Lasciai riposare la testa sul petto marmoreo di Svein. Avevo atteso troppo a lungo. Se Svein avesse avuto ragione, non avrei più rivisto Dagg. Mi si strinse il cuore.

Svein si infilò sotto una sporgenza rocciosa ed entrò in una grotta. Mi rimise in piedi dopo essersi addentrato di qualche metro e, nonostante fossi ancora avvolta nel mantello, rabbrividii.

«Aspetta qui», mi disse. «Devo accendere un fuoco per riscaldarti. Hai troppo freddo e sei troppo piccola per stare fuori con questo tempo.»

Mi rannicchiai nel punto in cui mi aveva lasciata, a fissare con aria assente il panorama invernale. Una sagoma si mosse tra gli alberi. Un animale? O qualcos'altro?

Non mi rilassai finché Svein non tornò. Accese il fuoco, e prese anche un ramo per rimuovere tutte le ragnatele negli angoli della grotta. Una volta che la fiamma aveva preso a bruciare alta, si sedette e mi tirò in grembo.

«Perché sei venuta, Fern? Perché sei qui?»

Mi leccai le labbra. Il vento soffiò più forte, agitando il

fuoco fino a far volare in aria le scintilla. Lui tese una mano per proteggermi e imprecò quando rabbrividii ancora una volta.

«Non dovresti essere qui. Non è un posto sicuro, per te.»

Un ululato si levò dal bosco. Feci per alzarmi, ma Svein mi tirò di nuovo giù.

«No. Non puoi salvarlo: non è sicuro.»

Lo fissai. Il Dagg che conoscevo non mi avrebbe mai e poi mai fatto del male.

«Ho capito a cosa stai pensando, piccola, e non funzionerà. Ormai è perso. Promettimi che ti arrenderai.»

Allora mi occupai di osservare Svein. Aveva delle leggere rughe in volto, e la sua barba era lunga quasi quanto quella di Dagg. Indossava una giacca di pelle e dei calzoni, una sottile armatura di tessuto contro il freddo. Aveva avvolto tutte le pellicce che aveva intorno alle mie spalle.

C'era una macchia scura sul lato della sua giacca, vicino al punto in cui era stata strappata. Accigliata, seguii la linea dello strappo fino alla schiena, laddove l'indumento si separava in due parti. Aveva del sangue, delle crosticine nere in contrasto con la sua pelle. Tirai un angolo della giacca e Svein sospirò.

«Vuoi vedere cos'è diventato Dagg? Ecco.» Si tolse la giacca e mi mostrò le ferite, lunghi tagli rabbiosi eseguiti da un artiglio gigante. «Me li ha fatti giorni fa, prima della tormenta.»

Con un gemito di compassione, gli accarezzai la pelle. Le ferite erano rosse e infiammate; tuttavia, era impossibile: i Berserker guarivano più velocemente di così.

«Abbiamo lottato, piccola.»

Lo fissai sconvolta. I Fratelli guerrieri condividevano un legame più stretto di qualsiasi altro, eccetto quello dell'accoppiamento. Dagg non avrebbe mai combattuto contro

71

Svein, a meno che la maledizione non gli avesse fatto perdere davvero il senno.

«Non è più Dagg, ma un mostro.»

Continuai a esaminare la ferita finché Svein non mi scosse.

«Non preoccuparti per me, piccola. Dovresti pensare a te stessa.»

Incurvando le labbra in una linea ostinata, mi tolsi una delle pellicce per avvolgergliela intorno alle spalle. Lui mi guardò con tristezza. «Non posso credere che tu sia venuta. Prima il pane, e ora...»

Rabbrividendo, mi avvicinai e rimasi in attesa davanti a lui. Mi circondò con le braccia, e io appoggiai la testa contro il suo petto. La sua si posò sulla mia. «Avresti dovuto lasciarci morire. Non possiamo più essere salvati.»

Alzai la testa e lui mi mise un dito sulle labbra per impedirmi di protestare.

«Siamo stati cacciati dal nostro branco. Ci hanno esclusi dalla loro compagnia. Adesso guariamo più lentamente, se riusciamo a farlo.»

Lo strinsi più forte.

«È inutile» disse, più a se stesso che a me. «Presto arriverà la fine. Sprofonderemo rapidamente nella follia.»

Mi staccai dalle sue braccia, quasi con violenza. Mi avvicinai alla mia borsa, in cui avevo messo una piccola tazza. La riempii di neve e la misi vicino al fuoco così da farla sciogliere. Svein era rimasto seduto, intento a osservarmi. La pelliccia gli pendeva dalle spalle ma, nonostante fosse a torso nudo, non sembrava notare il freddo.

Versai dell'acqua sulle ferite per pulirle e gli fasciai il fianco con delle strisce di tessuto strappate dal mio abito.

«Non dovresti preoccuparti per me, piccola» mormorò.

Gli strinsi la mano.

«Dovrò riportarti dagli Alpha.»

Scossi freneticamente la testa. Lui si alzò e io mi aggrappai a lui, spingendomi in punta di piedi per intrecciare le braccia intorno al suo collo. Poggiai l'orecchio contro il suo petto, cullandomi al ritmo del suo battito cardiaco. Poi, finalmente, mi avvolse tra le sue braccia, mentre le mani mi scivolavano sulla schiena.

«Perché sei venuta?» mi chiese ancora. «È successo qualcosa?»

Quando non risposi, mi sollevò il mento.

Strinsi le labbra. *Non parlare, non parlare.*

Deve aver visto lo sguardo sconvolto sul mio volto, perché scosse la testa. «Non importa. Sei sempre stata una ragazza silenziosa. Vieni.» Mi avvicinò alla fiamma e mi fece mangiare altro pane. «Non pesi abbastanza per resistere all'inverno.»

Spezzai la pagnotta a metà e gliene posai un pezzo sul palmo. Anche lui era più magro, quasi spoglio dei suoi muscoli e con niente da perdere. Nonostante ciò, era ancora grosso: mi sovrastava.

Non avrei resistito a lungo contro di lui, se alla fine avesse perso la testa.

«Devo cacciare. Ma non oserò lasciarti a lungo da sola.»

Gli toccai la spalla, appoggiandomici contro. Le sue braccia mi circondarono e io mi rilassai immediatamente. Più che di cibo, avevo fame del suo tocco.

«Sono felice tu sia venuta. Anche se non avresti dovuto: hai corso un grave pericolo» ringhiò, e stavolta gli toccai le labbra per mettere un freno alla sua protesta. Quando sarei riuscita a parlare, gli avrei detto che non esisteva alcun posto sicuro per me, al di fuori del rifugio delle sue braccia.

JULIET

*L*e ragazze passarono tutto il giorno nella capanna a bisbigliare, in piccoli gruppi. Sedai il più possibile i loro discorsi, ma alla fine uno dei Berserker lo avrebbe scoperto.

Come se evocato dai miei pensieri, sulla soglia apparve Jarl con altra legna per il fuoco. Mi tenni alla larga fingendo di essere impegnata in qualche rammento ma, dopo alcuni minuti, nella capanna cadde il silenzio, e l'ombra del grande Guerriero mi oscurò le mani.

«Vieni con me.» Jarl era accigliato.

Con un sospiro, lo seguii intorno al focolare per andare dove non saremmo stati visti. Faceva più freddo lì, accanto alla porta. Normalmente, Jarl si sarebbe accorto che stavo tremando e mi avrebbe preso una pelliccia, ma stavolta aspettò che parlassi per prima e ringhiò quando non lo feci.

«Una delle tue amiche è sparita.»

Avvolgendomi le braccia intorno ai fianchi, scrollai le spalle.

«Non sopravvivrà a lungo, in questa tormenta. Dimmi dov'è andata.»

Un fruscio sulla soglia mi disse che qualcun altro si era unito a noi. Fenrir, l'unico Guerriero più alto di Jarl. Si spostò per unirsi a noi, occupando il piccolo spazio tra la porta e il focolare e, nonostante avessi promesso a me stessa di non farmi intimidire, feci un passo indietro.

«Non so dove sia andata. Non era qui, stamattina.»

Jarl imprecò. «Allora dobbiamo trovarla in fretta.»

«Andarsene è stata una sua scelta.» La rabbia mi ribollì improvvisamente nelle vene. Chi erano questi guerrieri per irrompere in casa nostra, per rapirci e tenerci come animali domestici?

Cominciai ad avvicinarmi minacciosamente a Jarl per superarlo e allontanarmi, ma lui mi afferrò un braccio.

«Juliet—"»

«Non toccarmi» sibilai. E subito la sua mano si allontanò.

«Juliet» ripeté, ma Fenrir, suo fratello Guerriero, fece un cenno e Jarl tacque. Una mossa inopportuna, e avrei potuto informare gli Alpha dell'accaduto: non sarebbe mai più stato permesso loro di avvicinarsi a me, se gli fosse stato concesso di vivere.

«Dobbiamo dirlo agli Alpha» ripeté. «Potrebbe essere in pericolo.» Si passò una mano tra i capelli. «Perché dovrebbe andarsene?»

«I lupi» disse Rosalind. La ragazza bionda era in piedi accanto al focolare, con gli occhi scintillanti.

«Cosa?»

«I dispersi. Fern li conosceva: i guerrieri l'hanno presa prima che voi la portaste sulla montagna.»

«Non è...» Jarl si allontanò, scuotendo la testa. «Ho sentito delle storie...»

«Io c'ero» disse Rosalind seccamente. «Ha cercato di restare con loro anche quando avevano cominciato a delirare come animali.»

«Cos'è successo?» chiesi.

«Il Re dei Morti li ha attaccati, e hanno perso la testa» disse Jarl, con sguardo assente. «Gli Alpha ordinarono di cacciarli dalla montagna.»

«Sono i loro ululati, quelli che sentiamo di notte» disse Rosalind. «Le stanno il più vicino possibile.»

«Allora è questo che ha fatto Fern» dissi. «È tornata dai suoi compagni perduti.»

FERN

Scese la notte, e Svein tenne il fuoco ben acceso. Era uscito tra la neve diverse volte, tornando sempre con altri bastoni e tizzoni per il fuoco, così da avere abbastanza legna fino al mattino.

Ero quasi addormentata quando una lunga nota solitaria si levò dal bosco. L'ululato di Dagg riempì il panorama, triste ma dolorosamente bello.

Svein ringhiò e mi tiro più in là, nell'ombra in fondo alla grotta, frapponendosi tra me e il suono.

«Svein…» Le mie mani lo cercarono nell'oscurità. Trovai il suo viso e lo cinsi con i palmi. «Non è il nemico: è tuo fratello Guerriero.»

«Non più.»

«Dobbiamo aiutarlo» sussurrai.

Le dita di Svein si strinsero sulla mia pelle, ma almeno aveva smesso di ringhiare.

Infine, l'ululato cessò. Svein andò a prendere le pellicce accanto al fuoco e costruì un giaciglio per entrambi nelle profondità della grotta. Mi tirò giù con sé e mi avvolse con braccia e gambe. Rimanemmo in silenzio per un po'.

«Era da molto tempo che non sentivo la tua voce.» Mi tirò affettuosamente una ciocca di capelli. «Piccola rossa.»

«Fern», dissi. «Il mio nome è Fern.»

«Ti ricordi di noi?»

«Dagg and Svein.»

«Ti abbiamo presa all'abbazia e abbiamo passato un giorno intero insieme, a fuggire.»

«Tre giorni», lo corressi. Mi voltai per sistemarmi di fronte a lui, sentendo il suo corpo duro sotto il mio. Ogni tanto veniva attraversato da un fremito: non di debolezza, ma di desiderio. E il mio stesso corpo pulsava in risposta.

Non sapevo come fosse possibile sentire la mancanza di qualcuno che avevo conosciuto solo per pochi giorni, una breve parentesi di una vita passata in disparte.

«Sei venuta a cercarmi» mormorò Svein. Forse si stava chiedendo la stessa cosa che mi chiedevo io. «Tu non ricordi i nostri crimini.» La sua bocca si piegò in un sorriso malinconico. «Non ricordi la notte dell'attacco del Re dei Morti?»

Scossi la testa.

«Molto bene, piccola.» Mi sistemò. «Te lo racconterò io.»

SVEIN

Prima

*L*a piccola dai capelli rossi giaceva tra le mie braccia. Non parlava, ma si guardava intorno con occhi spalancati. Non appena avevamo sentito il suo odore, avevamo capito che era fatta per noi. Avevamo promesso di non spaventarla o metterle fretta, ma di corteggiarla lentamente. E soprattutto, ci saremmo ricordati del nostro onore.

Inoltre, non era così difficile tenere in braccio una creatura così bella, parlarle dolcemente e nutrirla dalle nostre mani. Quando avremmo raggiunto la montagna, l'avremmo abituata al nostro tocco.

Anche ora si guardava intorno con audacia, e quando Dagg le aveva offerto la carne, non aveva indietreggiato né si era tirata indietro. Le accarezzai i capelli mentre mangiava, godendomi le sue ciocche lucenti del colore infuocato delle foglie d'autunno. Era timida, abituata a nascondersi. Quando la nebbia ci aveva avvolti, *l'evento l'aveva spaventata fino a farla tremare. Ci volle mezza giornata per tranquillizzarla.*

«*Presto saremo a casa*» *le disse Dagg.* «*Abbiamo costruito una capanna in cui vivere. È passato molto tempo da quando ne abbiamo avuta una, ma è arrivato il momento, adesso. Attendiamo con impazienza di stare lì con la nostra compagna.*»

«*Dovremo abituarci a svolgere alcune mansioni*» *dissi io.* «*A tagliare la legna per il fuoco, a procurarci della carne per nutrire la nostra compagna, a lavorare la terra per permetterle di piantare i semi.*» *Le passai le dita tra i capelli. Non le avevamo ancora detto che avevamo intenzione di reclamarla come compagna.*

«*Sì*», *disse Dagg.* «*Forse dovremmo ricavare una finestra nel muro della capanna.*»

«*Una finestra?*»

«*La nostra compagna potrebbe voler vedere cosa c'è fuori.*»

«*Cosa ne pensi, piccola rossa?*» *le chiesi, girandole il viso verso il mio.*

Lei si morse il labbro e annuì.

Dagg sorrise. «*E finestra sia. Finisci la tua carne. Prima partiamo, prima vedrai la tua nuova casa.*» *Si alzò per andare in avanscoperta e tornò poco dopo.* «*La nebbia si sta diradando. Dovremmo andare.*»

A turno, portammo in braccio la nostra prigioniera dai capelli rossi. Nemmeno una volta i suoi piedi toccarono terra.

Quando venne di nuovo il mio turno, la strinsi più vicino e lei afferrò il mio mantello con le sue piccole mani. Era così piccola e preziosa che mi meravigliai fossimo stati benedetti con un tale dono.

La strada si fece sempre più buia, la nebbia aumentò. La nostra colombella mugolò.

«*Non temere*», *mormorai tra i suoi capelli.* «*Ti terremo sempre al sicuro.*»

Non appena pronunciai la promessa, un orribile suono irruppe in lontananza.

Mi nascosi dietro un masso, tenendo la donna tremante più vicina al mio petto.

«Una parte del branco è più avanti» riferì Dagg. «Sono stati attaccati.» Estrasse la sua arma. «Corri.»

Allora corsi, con il mio prezioso fagottino tra le braccia. I rami ci graffiavano, e io facevo del mio meglio per proteggerla. La Bestia dentro di me lottava per liberarsi dalla mia carne. Digrignai i denti per resistere alla trasformazione.

Dei venti ripugnanti presero a soffiare. I Draugr si lanciarono dagli alberi: i morti risorti, animati dalla magia per servire il Re dei Morti.

Ora il mostro era vicino. Mi riusciva difficile trattenerlo ancora. Solo la donna riusciva a tenere a bada la Bestia.

Davanti a noi, Dagg ruggì. Non potevo più aspettare. Sistemai la donna su un albero e corsi nella mischia, squarciando i cadaveri mentre ridevo, in preda alla sete di battaglia. La Bestia desiderava il sangue, anche se mi si rivoltava lo stomaco per il fetore dei Draugr, il rivoltante odore della loro carne in decomposizione.

Davanti a noi c'era un gruppo di Berserker che combatteva. Stavano in piedi a proteggere le loro donne al centro del cerchio che avevano formato, mentre i Soldati cadavere incalzavano. Dagg e io, invece, stavamo schiena contro schiena, pronti a sbaragliare e combattere il nemico.

La donna stava appollaiata su un alto ramo, al sicuro da qualsiasi mano non morta. Avevamo quasi raggiunto gli altri Berserker quando apparve uno scheletro, cavalcando nebbia e vento. «Sta dirigendo la tempesta verso di noi!» ringhiò Dagg alla vista del Re dei Morti in carne e ossa.

Il terreno tremò mentre le ossa volavano via dalla terra, intrecciandosi l'una all'altra a causa di un'orribile magia. Altri Draugr si formarono a mezz'aria, sagome malformate che non potevano muoversi in altro modo se non come morti viventi.

Le donne urlarono. Uno dei servi del Re dei Morti si alzò per scuotere l'albero dove era nascosta la nostra rossa. Non riuscii a fermare il mostro che si liberava dalla mia pelle.

La furia Berserker si impadronì della mia mente e io non riconobbi più nulla, non sentii nulla, non vidi nulla se non rosso.

* * *

Dagg

Rosso. Tutto rosso e ombre. Un mondo tinto di sangue a cui non posso sfuggire. Qualcosa si muove nell'oscurità con passo pesante e annusa in giro, a caccia. Un mostro in agguato nel buio. Ecco cosa sono diventato.

Una luce trafigge il mio mondo. Un fuoco in una grotta. La Bestia, però, non vuole avvicinarsi. Ricordo a malapena quando mi sedevo vicino al fuoco e conversavo come un uomo. Quella vita, ormai, è lontana: l'umanità che avevo una volta, adesso è soltanto un sogno.

Eppure, mi ritrovo vicino alla grotta e sento due voci, una acuta e una profonda. Mi spingo più vicino mentre i rami si dividono. Un profumo delicato sembra aspettarmi, volteggiando sulla neve. Una donna. La sua voce sembra il dolce tubare di una colomba.

Attratto da un ricordo, mi fermo sui miei passi. Una volta, tenevo una donna tra le braccia: era fragile e silenziosa, la mia salvezza, ma poi è arrivato il mostro e ha usato le mie stesse mani per farla quasi a pezzi...

L'ululato mi lacera la gola mentre ricordo quello che ho fatto, ciò che sono diventato.

FERN

Gli ululati ricominciarono proprio mentre Svein finiva il suo racconto.

«Dagg ha attaccato i Berserker e voleva fare lo stesso con le altre donne. Aveva perso la ragione. Io stesso ero troppo furioso per tirarlo indietro. Così, venimmo cacciati via, non ci fu permesso di rivederti, né di mettere piede sulla montagna del branco.»

«Ma... Anche Dagg ha combattuto contro gli uomini del Re dei Morti. Ci ha salvati.»

«Ha combattuto contro tutti», mi corresse dolcemente Svein. «Ti ha anche colpita, quando ti sei avvicinata per calmarlo, non ricordi?»

Scossi la testa. La nebbia, il fetore, l'esercito del Re dei Morti – era tutto sfocato nella mia mente. Una visione a occhi aperti. Non avevo avuto paura, in quel momento, perché avevo avuto due forti guerrieri ad occuparsi di me. Quando mi ero risvegliata, dopo un po' di tempo, e uno strano Guerriero mi stava portando in braccio, mi ero lasciata prendere dal panico. Mi avevano portata al rifugio delle profetesse non ancora accoppiate, e alla fine mi avevano detto che non avevo compagni. Fu allora che ricominciarono i sogni.

«Ha cercato di attaccarti. Quando gli Alpha l'hanno scoperto, l'hanno scacciato.»

Mi morsi il labbro. Il loro esilio era stato colpa mia. «Per favore, dobbiamo dire loro che non intendeva farlo.»

«Ha detto che portavi l'odore del Re dei Morti» Svein scosse la testa. «Non aveva senso. Ha perso la ragione. Mi dispiace, Fern.»

Mi strinsi contro il suo forte petto, chiedendomi come fosse possibile che fossi arrivata così lontano e sentissi ancora che era tutto perduto.

«Devo chiedertelo di nuovo, piccola. Perché sei qui?»

Tirai un lungo respiro. «Ho bisogno di voi.»

Aggrottando la fronte, inclinò la testa di lato. «Non si prendono cura di te come vorresti?»

«No, lo fanno, ma non posso restare lì.» Abbassai la testa. Come potevo spiegargli che, quando ero insieme a loro, non sognavo? Le visioni non mi perseguitavano ed ero al sicuro, finalmente.

«Devo rimandarti indietro.»

«No. Per favore, non mandarmi via.»

Inarcò un sopracciglio, in attesa delle mie motivazioni. Pensai freneticamente a qualche scusa. «Mi puniranno.»

Le sue labbra si strinsero in una linea. «Pensi che io non ti punirò per aver rischiato la vita nella tormenta?»

Il mio cuore perse un battito.

«Non essere così sorpresa, piccola. Sto scherzando: non ti farei mai del male, non veramente. Qualsiasi punizione che ti impartirò sarà per il tuo e il mio bene.»

Allora lo guardai con curiosità, senza più paura.

Lui fissò la notte fuori dalla grotta. Gli alberi erano avvolti di bianco. Non cadeva più neve ma il vento raccoglieva i fiocchi e li faceva vorticare in alto. «Il mostro ha la meglio su di me ma, con te al mio fianco, mi sento completo. Per quanti decenni ho aspettato una come te?»

Tirai fuori l'ultima pagnotta e gliela porsi.

Lui scosse la testa. «Domani andrò a caccia.»

FERN

L'ululato continuò a lungo, durante la notte. Mi stesi tra le braccia di Svein, ad ascoltare. Dagg sembrava un animale ferito.

Cosa avrei fatto se fosse stato troppo tardi? Se le loro menti fossero state davvero perdute come dicevano? Avevo fatto tanta strada e rischiato troppo per deluderli.

«Accettalo.» Svein alzò la testa e urlò verso l'oscurità. «Non è fatta per te, né per me. Non più.» Il suo corpo era teso mentre si sdraiava di nuovo. «Non piangere, piccola» mi disse. «Andrà tutto bene.»

Annuendo contro il suo petto, mi asciugai le lacrime che mi rigavano le guance. Svein odorava di neve, di fumo di legna e di pelo umido. Profumi solidi che mi fornirono un po' di conforto. Le mie gambe si aggrovigliarono alle sue, e mi lasciai riscaldare dal suo corpo.

Ma Dagg era ancora là fuori, a ululare nella neve, da solo. Anche quando il suono cessò, non riuscii a dormire un lungo lasso di tempo.

Svein mi risvegliò con un bacio sulle labbra. Era sveglio e nudo, tranne che per una pelliccia intorno ai fianchi. La luce del mattino penetrava nella grotta, illuminandola dolcemente.

«Tornerò presto. Resta qui e non uscire dalla grotta.»

Mi rannicchiai tra le pellicce e mi appisolai di nuovo. Svein aveva acceso il fuoco prima di andarsene, e io lo osservai spegnersi lentamente fino a diventare cenere. Avrei dovuto alzarmi e aggiungere un ceppo, ma le pelli erano troppo calde e confortevoli. Quando le ultime scintille danzarono sulla legna carbonizzata, mi misi a sedere, poi mi bloccai.

Oltre l'ingresso della grotta, vicino ai cespugli, una sagoma si mosse tra le ombre. Un'enorme creatura dalla pelliccia scura e opaca e dagli occhi luminosi era in agguato. Si teneva nascosta, annusando e strisciando sempre più vicino.

In un attimo, mi alzai in piedi. «Dagg?»

Nessuna risposta, ma la creatura si spostò ulteriormente verso la luce. Un mostro ingobbito, più alto di qualsiasi uomo, con il muso peloso, le zampe e gli artigli di una bestia, apparve di fronte a me.

Un ringhio ci fece voltare entrambi. Ai margini della foresta c'era un lupo bianco con i denti digrignati.

«Svein, no!» urlai, ma era troppo tardi. Il mostro indietreggiò di qualche passo, ma non scappò prima che il lupo attaccasse. Volò della neve. Io urlai e agitai le mani perché si fermassero, e feci una smorfia quando la mascella si chiuse sul braccio del mostro. Quest'ultimo si alzò sulle zampe posteriori, con gli artigli affilati che graffiavano la schiena del grande lupo. Schizzò del sangue, che macchiò la neve immacolata.

«Basta!»

Raccolsi un tronco accatastato vicino al fuoco e lo lanciai, facendolo rimbalzare contro i due. Per un attimo si separarono, e il mostro barcollò all'indietro. Nonostante ciò, il lupo si lanciò di nuovo su di lui.

«No!» gridai. «Svein, è Dagg! È Dagg, non fargli male!»

Indietreggiando, il mostro si ritirò tra gli alberi. Il lupo, invece, rimase lì, con le labbra spellate e il muso striato di sangue. Mentre guardavo, le zampe anteriori si staccarono da terra e l'animale si alzò su quelle posteriori, scuotendosi il pelo e trasformandosi in un uomo. I miei capelli vennero scossi all'indietro da un vento improvviso.

Svein tornò nella caverna, muovendosi ancora con la magra grazia di un animale selvaggio. Mi precipitai verso di lui e gli diedi un colpo al petto. «Che cosa hai fatto?»

Svein sbatté le palpebre, sorpreso. Il sangue gli colava sulla schiena e aveva un taglio sul viso. Altre ferite di una lotta stupida e inutile. «Non hai visto?»

Il suo ringhio si interruppe, gli occhi dorati mi studiarono il viso. Mi accorsi di non aver mai alzato la voce, prima.

«Ti ha fatto male?» mormorò Svein. I suoi occhi erano luminosi e selvaggi. Il desiderio di battersi gli scorreva ancora nelle vene.

Scossi la testa e rimasi ferma mentre le sue mani vagavano su di me, per assicurarsi fossi integra. Mi annusò i capelli.

«Svein» sussurrai, e lui mi tirò nel suo abbraccio.

«Perdonami. Non avrei dovuto lasciarti sola.»

«Non è questo.» Mi allontanai da lui. «Non voleva combattere con te.»

«Piccola…»

«L'ho visto. Ero proprio qui.» Colpii il suo petto nudo con la mano stretta a pugno.

Svein rimase in piedi a pensare. «Cos'ha fatto?» chiese infine.

«Niente. Si è avvicinato alla grotta e ha aspettato lì, annusando l'aria.»

«Ha sentito il tuo odore.»

«Forse. Ma non si è avventurato all'interno, anche se ho lasciato spegnere il fuoco.»

«Non avrei mai dovuto lasciarti sola.» Scuotendo la testa, Svein andò a riaccendere il fuoco.

«Dovevi. Abbiamo bisogno di mangiare.»

Quando ebbe finito si alzò, spolverandosi le mani, e si avvicinò ai vestiti che aveva lasciato ordinatamente impilati da indossare quando sarebbe tornato dalla caccia. Lo fermai giusto in tempo per pulire i tagli insanguinati, mentre i suoi occhi mi osservavano, affamati. Secondo le storie che raccontavano le mie amiche accoppiate, la Bestia non bramava solo il sangue. Tenni lo sguardo basso, tremando un po' mentre mi allontanavo.

Mi avventurai fuori dalla grotta per prendere dell'acqua e mi fermai. «Svein, vieni a vedere.»

Un fagotto insanguinato giaceva sotto i cespugli. Una matassa di carne, con del pelo ancora attaccato. «Ha lasciato una preda.»

Svein mi raggiunse e mi spinse con delicatezza verso la grotta. «Cervo...»

«Non vedi? L'ha portato qui.»

«Bene, perché la mia caccia è stata inutile. Le prede di questi boschi si nascondono, spaventate dalla Bestia di Dagg.»

Sbuffai. «Non è una Bestia.»

«In quale altro modo chiameresti quella cosa?» Svein si accovacciò nella neve per spellare la carne e andò a prendere dei rami. In men che non si dica, costruì uno spiedo e il mio stomaco brontolò al profumo di carne arrostita.

Mangiammo bene, grazie a Dagg. Svein mi lasciò riempire la pancia e poi divorò il resto, leccandosi le dita.

«Verrà giù altra neve, stanotte.»

Rabbrividii. Dagg era là fuori, da solo.

Svein si avvicinò con una pelliccia e me la avvolse attorno al corpo. Il suo tocco era gentile, come se fossi fragile e potessi crollare in pezzi da un momento all'altro.

«Devi tornare indietro, Fern. Non posso prendermi cura di te.»

Aggrottai la fronte. «Non sono venuta solo perché tu ti prenda cura di me. Sono venuta a salvarvi.»

«Tu dai per scontato che possiamo essere salvati.»

«Tu hai ancora la ragione.»

«Forse. Per ora.»

Mi morsi il labbro. Desideravo così tanto salvare quegli uomini, gli unici che potevano salvare me. «Aiuta il fatto che io sia qui?»

«Sì, aiuta», ammise. «Ma non so quanto durerà.»

«Durerà.» Doveva durare.

Svein sorrise come se la mia promessa lo divertisse. Gettò le ossa della carne nella neve e accese di nuovo il fuoco.

Grandi ombre danzavano sulle pareti della grotta, rapendo il mio sguardo. Quella sarebbe stata la nostra casa, almeno fino a quando i cumuli di neve più grandi non si sarebbero sciolti. Quando i Berserker mi avevano presa, quella prima volta, avevano parlato di un rifugio costruito appositamente per la loro compagna. L'avevo sognato. Ma, per ora, quella caverna andava più che bene.

Alzandomi, tolsi il mantello.

«Vorrei fare un bagno» dissi. Svein inarcò un sopracciglio. Presi un pezzo di stoffa dalla mia borsa e una tazza che mi ero portata dietro. Quando l'acqua si riscaldò, la usai per lavarmi come meglio potevo, asciugandomi il viso e il collo con lo straccio, lo stesso che poi passai sotto la veste. Svein restò a guardarmi con grande interesse, così tanto che, quando arrivò il momento di lavarmi le gambe, arrossii e mi voltai.

Rimasi vicino al fuoco per asciugarmi, poi gettai l'acqua nella tazza per riempirla di nuovo.

«È il tuo turno.»

Svein sembrò di nuovo divertito, e mi rincuorò vedere un altro sorriso sul suo volto stanco. Il calore sembrò propagarsi dal suo corpo per investire il mio, senza permettermi di smettere di arrossire. Tuttavia, feci il possibile per concentrarmi a pulirgli lo sporco dal viso e dal collo. Si tolse la giacca su mia richiesta e si piegò in avanti così che potessi lavargli i capelli.

«Di tutte le punizioni che potrei escogitare, pulire il mio corpo sporco è la peggiore» ridacchiò.

Guardando l'acqua pulita scorrere lungo il suo petto scolpito, non potevo essere d'accordo. Non capivo la magia che aveva in sé, così come non comprendevo le mie terribili visioni. Ma c'era qualcosa tra noi, qualcosa che cresceva nel posto più improbabile come un fiore che sboccia tra le rocce.

Misi da parte il panno e poggiai una mano sul suo petto di marmo. Lui tirò un respiro profondo ma non si allontanò. Sporgendomi in avanti, gli premetti un bacio sulla clavicola.

Un ululato risuonò, debole e lontano, da qualche parte nel profondo della foresta.

Trasalii indietreggiando. La bocca di Svein si curvò in un'espressione rabbiosa, ma non mi inseguì.

«Pensi che Dagg sia ferito?»

«Non ha importanza, piccolina. Non si avvicinerà al fuoco.»

«Devi cercare di trovarlo» gli dissi, e mi strappai la manica. «Prendila: porta il mio odore.»

«Non posso lasciarti indifesa» ammise.

«Prendila, e vai. Io rimarrò vicino al fuoco. Come hai detto, non si avvicinerà. Ma dobbiamo attirarlo qui.»

«Dici sul serio?»

«Non sono venuta per farlo morire, ma per salvare entrambi» dissi, e attizzai il fuoco.

«Molto bene.» Si alzò; sembrava più forte, le guance e gli occhi meno infossati. Il suo viso aveva un'aria più sana alla luce del fuoco. «Tornerò.» Si avvicinò all'ingresso della porta ed esitò.

«Sarò al sicuro» gli promisi. «Rimarrò vicino al fuoco.»

La sua bocca si incurvò in un mezzo sorriso.

«Abbiamo sempre saputo che avresti trovato la tua voce» disse. «Sono felice di sentirla, finalmente.»

FERN

Quando Svein tornò, l'aria era piena di fiocchi di neve. Avevo tenuto il fuoco acceso, usando la catasta di legna che aveva lasciato e non avventurandomi nemmeno un passo fuori dalla grotta. Non appena la sua testa bionda apparve nel mio campo visivo, mi alzai per salutarlo.

Lui mi scoccò un sorrisetto e alzò il braccio, mostrandomi i conigli che aveva catturato, e che teneva stretti in una mano.

«Oh, ben fatto» respirai io. Il suo sorrisetto si fece più largo.

Con mia grande sorpresa, Svein fece qualcosa che non aveva mai fatto prima: si avvicinò a me, cingendomi la vita con un braccio; poi catturò la mia bocca con le sue labbra. Il calore si propagò lungo tutto il mio corpo, dalla testa fino alle punte dei miei piedi, riscaldando il mio centro.

Mi staccai solo per chiedergli, «Dagg?»

Svein fece un cenno con la testa verso il punto dal quale era venuto. «Lì, vicino alla roccia.»

Dovetti assottigliare gli occhi per poter vedere la figura di lupo in mezzo alle ombre, lì, al limitare della foresta. Però ci riuscii, ed era proprio lui.

«È venuto. E nella sua forma da lupo. Ma come—»

«Non c'è tempo per spiegare. La tempesta si sta avvicinando, e si preannuncia peggiore dell'ultima che abbiamo visto. Dobbiamo prepararci.»

Svein mi lasciò a scuoiare i conigli mentre lui andava a prendere dell'altra legna da ardere. Poi io mi occupai di gettarla sul fuoco mentre lui si occupava di riparare l'entrata della caverna contro il vento. Dagg, ancora in forma da lupo, restò fermo dove potevo vederlo. Fingendo di cercare dell'altra legna, afferrai le ossa che avevamo lasciato durante il nostro ultimo pasto e le gettai verso di lui. Quando mi girai, Svein era fermo di fronte a me, a guardarmi con un sopracciglio arcuato. Mi lavai le mani sulla neve, e non dissi una parola. Ma sapevo che non era arrabbiato; Dagg era con noi, anche se in forma da lupo. Qualsiasi forza la sua Bestia aveva avuto sulla sua mente, forse la morsa si era allentata.

Svein poggiò una nuova pelliccia sul terreno e si sedette a terra, mettendo sulla brace i conigli per la cena. Il lupo dal manto scuro si avvicinò, ed entrambi fingemmo di non rendercene conto. Quando finimmo con il nostro pasto, io mi avvicinai al limitare della caverna portando con me la carcassa dei conigli.

«Attenta» mormorò Svein.

«È Dagg» ricordai, sia a lui che a me stessa. Era Dagg. Non un lupo che non conoscevo, non un mostro. Dagg, che nella sua forma umana aveva un'espressione seriosa e i capelli scuri, ma sapeva essere anche scherzoso, e incredibilmente gentile. Non riusciva a scherzare quanto Svein, che invece mi regalava tantissimi sorrisi, ma era abbastanza.

Anche se, quella sera, Svein sorrise poco. Sembrava molto stanco.

Tirai le ossa vicino al lupo, e poi tornai al fianco di Svein.

Portai il guerriero verso il letto di pellicce e lo feci stendere su di esse, stringendomi sotto il suo braccio. Il vento prese ad ululare con forza, fuori, quasi forte come un lupo, ma lì, dentro la caverna, eravamo al sicuro e al caldo.

«Dormi», gli dissi.

«Devo stare di guardia.»

Alzai lo sguardo verso il lupo. Proprio come pensavo, la sua grande testa nera era per metà bagnata dall'oscurità, mentre l'altra era illuminata dalla luce del fuoco, e mi permetteva di guardarlo rosicchiare le ossa che gli avevo lanciato. Si era avvicinato abbastanza da stare proprio al limitare dell'entrata della caverna, a metà tra il vento e noi. «Ci penserà Dagg, a farlo.»

Svein doveva essere troppo stanco per obiettare, perché si girò per terra verso di me, e mi strinse tra le sue braccia. Portai le mani sotto il suo giacchetto, i palmi contro la sua pelle calda. Mi mossi un po', per mettermi comoda, e sentii il suo membro indurirsi contro di me.

«Piano», quasi ringhiò lui.

Mi fermai, poi lasciai la mia mano scivolare giù, trovando il punto in cui il giacchetto e i suoi pantaloncini si incontravano. Sentii il suo corpo tendersi sotto il mio tocco.

«Fern» gracchiò lui contro il mio orecchio. «Devi sapere che cosa mi provochi.»

Mi feci ancora più coraggiosa, e lasciai che la mia mano scivolasse fino a circondare la sua lunghezza.

Sentii le guance riscaldarsi, ma nonostante questo alzai lo sguardo per incontrare il suo.

«Io voglio—»

Non mi fece neanche concludere la frase. Svein abbassò il viso verso di me, e reclamò la mia bocca. La sua barba ispida mi graffiò il mento, ma le sue labbra erano calde, spinte contro le mie, reclamanti e forti. Tra le mie mani, il suo membro si fece ancora più largo e duro.

Gemetti, muovendo i fianchi, e con una mano Svein scostò il pantalone abbastanza da liberarsi. «Fai quello che vuoi, piccola rossa. Sono tuo.»

Feci scivolare le dita su e giù, masturbandolo lentamente. Gocce di liquido presero ad uscire fuori dalla sua punta. La sua pelle sembrava così rossa, così infuocata; pulsava sotto il mio tocco.

«Fa male?»

Svein affondò il viso tra i miei capelli. «Il tuo odore è abbastanza per far uscire un uomo fuori di testa. Dal desiderio; non dalla rabbia.»

«Voglio stare con te», sussurrai. «Per favore, fammi restare.»

Dopo un po', lo sentii annuire.

«Se riesco a tenerti al sicuro, allora puoi restare con noi.»

Mi rilassai contro il suo corpo. Avevo vinto la battaglia; adesso restava soltanto la guerra.

Ma, prima di tutto, avrei dato piacere al mio compagno. Portai la mano alla bocca, leccandomi il palmo prima di riportarla sul suo membro. Il suo respiro corto e spezzato mi fece da guida, mostrandomi dove toccare, come toccare, quando stringere e quando, invece, essere gentile. La sua lunghezza sembrò farsi sempre più grande, e lo sentii vicino all'orgasmo quando, d'improvviso, lui mi fermò. La sua bocca trovò ancora una volta la mia, baciandomi in preda al desiderio. Il bisogno si fece strada dentro di me, così forte da farmi dimenticare ciò che stavo facendo.

Lo sentii ridacchiare sulle mie labbra. «Ti comporti in maniera così timida, ma in realtà sei una guerriera impavida. Un lupo a caccia.»

«E tu sei la mia preda?»

«No», disse lui, sussurrando contro la mia bocca, e spostò entrambi fino a quando non mi ritrovai io sotto di lui. La mia mano ancora lo stringeva. «Tu sei la mia.»

La sua bocca si spostò sul mio collo, ed io sussultai, alzando i fianchi alla sensazione di calore che si propagò dentro il mio corpo. Mordendo e succhiando, lui si occupò del mio collo fino a quando non restai tremante e pronta.

«Quando arriverà il momento, marchieremo la nostra compagna. Lei dovrà essere coraggiosa e forte per tenere la Bestia a bada.»

Digrignai i denti per gioco, e lui ridacchiò.

«Ma dovrà anche essere dolce, e calma. Si lascerà andare al nostro tocco» disse, ed io persi il respiro quando sentii la sua mano scivolare sotto il mio vestito. «Proprio come noi ci lasceremo andare al suo.»

«Vuoi il mio tocco, allora?»

«Ogni notte, Fern. Ogni singola notte.»

Prese a muoversi, allora, e d'improvviso i nostri corpi sembrarono andare all'unisono, lavorando insieme l'uno contro l'altro.

«Presto le mie labbra andranno dove sono le mie mani, e tu urlerai nella notte. Ti darò piacere ancora, ancora e ancora, fino a quando non dimenticherai persino il tuo nome.»

«Svein» sussurrai, muovendomi contro le sue mani, l'orgasmo vicino.

«Così, piccola. Lasciati andare.»

S'inginocchiò sopra di me, guardandomi tremare di piacere. Le sue dita non si fermarono un attimo, mandando scariche elettriche per tutto il mio corpo. I suoi occhi restarono a guardare ogni singolo momento, ogni singolo gemito, ogni singola nuova espressione.

«E ora», disse, afferrando il suo membro e alzando il mio vestito, «avrai addosso il mio odore.»

Lo prese in mano, muovendosi in fretta, la fronte aggrottata, concentrato. Non potei fare altro che restare lì, in attesa, mezza addormentata e completamente soddisfatta mentre lui spruzzava il suo seme sulle mie cosce, marchiandomi completamente.

«Fern» respirò, lasciandosi andare sulle pellicce contro di me, curvando il suo corpo sul mio. Pochi secondi dopo, si addormentò.

Prima di permettere al mio corpo di lasciarsi andare al sonno, io allungai il collo dietro di me. Il lupo era fermo esattamente dov'era prima, all'entrata della caverna, il muso rivolto verso fuori. Non si sarebbe unito a noi, quella notte, nella sua forma umana.

Ma presto, promisi a me stessa. *Presto.*

FERN

«Siamo rimasti per anni in Norvegia, a lottare per Harald Fairhair. Venti o trenta estati, se non erro.» Svein gettò uno sguardo al lupo ancora fermo di fronte l'entrata, come in attesa di una conferma a quelle sue parole.

Io ero seduta di fronte al fuoco, a guardare la neve cadere, ascoltando la storia di Svein solo per metà.

«Poi salimmo a bordo di navi con punte a forma di testa di drago, e attraversammo l'oceano. C'erano alcune isole che il re voleva conquistare, verso Nord. Lo sai perché lo chiamavano 'Fairhair'?»

«Perché aveva i capelli biondi?» provai ad indovinare.

«Anche… E perché si rifiutava di tagliarli prima di conquistare tutto ciò che poteva. Lo aveva promesso ad una signora, una volta.»

«Li ha mai tagliati?»

Svein scrollò le spalle. «Era il re. Poteva fare quello che desiderava.»

Oltre la caverna, il lupo aveva il muso poggiato sulla neve. Il vento e la tempesta ne avevano portata ancora sulle rocce. Avrei voluto che Dagg entrasse nella caverna e prendesse riparo dal freddo, ma Svein mi aveva detto che si teneva lontano dal fuoco.

«Ti piaceva combattere per quel re?»

«Non aveva molto a che fare con il piacere; a noi piaceva combattere e basta. Eravamo nati per quello.»

«Siete stati creati dalla strega, per quello.» Tenni gli occhi fissi sul lupo, sperando che quella conversazione non scatenasse la rabbia della Bestia.

«La strega ci ha trasformati da uomini a Bestie pronte a combattere, sì. Eventualmente, ci siamo resi conto di quanto in realtà fosse una maledizione. Ma per allora era già troppo tardi. Combattemmo, conquistammo, anno dopo anno, fino a quando la pazzia della Bestia non prese a reclamarci. Alcuni Berserker andarono via, seguendone uno chiamato Bodolf, e il figlio Ragnvald. Svein ed io seguimmo Sigmund, che adesso si chiama Samuel.»

«L'Alpha della montagna.»

«È il più potente tra tutti noi, non perché è forte, ma perché ha un controllo maggiore sulla sua Bestia. Anche quando era ormai quasi totalmente tra le sue grinfie restava il più forte. Forse avrebbe perso la battaglia, se non avesse trovato la sua compagna.»

«Brenna dei Berserker.»

Avevo sentito quella storia, sussurrata tra le altre profetesse. Era stata la prima di noi ad essere trovata, e adesso regnava come regina insieme agli Alpha. «Allora è possibile, per un guerriero, tornare indietro ed essere salvato dalla Bestia.»

«Non sempre… ma a volte, forse, si può fare.»

Dopo un po', la neve finalmente smise di cadere. Svein sparì per un po', ed io mi addormentai sulle pellicce, girandomi tutto il tempo. L'ombra di Dagg oscurò l'entrata della caverna, il suo lupo a metà tra la foresta e il fuoco. Era in attesa, sempre in attesa, ma io mi addormentai come se lui fosse lì a proteggermi dai miei sogni. Non avevo avuto neanche una visione, da quando ero arrivata da loro. I miei sogni erano pieni di ombre, ma liberi da quell'oscurità che li aveva infestati prima. Non avrebbe potuto raggiungermi, finché sarei rimasta accanto a Svein e Dagg. Con quel pensiero confortante, mi lasciai andare ai miei sogni.

Quando mi svegliai, era tornata la neve. Anche Svein era tornato dentro la caverna, e tra le mani aveva un enorme calderone, come fosse una vasca da bagno. La riempì di neve e poi la poggiò sul fuoco, aggiungendo legna fino a quando l'acqua non si fece calda.

«Ecco qui» disse, quando mi alzai. «Hai detto che volevi farti un bagno.»

«Ma dove...?» cominciai, poi però mi fermai. Era andato da qualche parte per trovare qualcosa dove potermi fare il bagno. Non m'importa dove fosse andato. Così, aggiunsi delle erbe all'acqua ormai calda, e gli chiesi di spostare la vasca dal fuoco. Lui inarcò un sopracciglio, ma fece come gli chiesi.

«Se stai facendo un brodo, è molto strano», disse.

«Non è per mangiare. Voglio lavarti i capelli.» Il mio tentativo precedente non era andato bene come avevo sperato.

Lui fece una smorfia. «È meglio tagliarli del tutto» disse, poi afferrò una lama e tagliò i ciuffi più lunghi.

«Lascia.» Presi la lama dalle sue mani, tagliando con cura. Poi lo feci sporgere in avanti, così che potessi far cadere l'acqua sulla sua cute, e presi a districare i suoi nodi, a lavare per bene ogni singola ciocca, togliendo via tutto lo sporco dalla cute e dal collo. Dopo qualche brocca d'acqua, i suoi capelli presero a lasciare andare solo acqua pulita.

«Molto meglio» mormorai, ma continuai a giocare con i suoi capelli. Lui restò fermò, permettendomi di toccarlo. Scariche elettriche mi solleticarono le braccia, scorrendo lungo tutto il mio corpo, come fossi io ad essere sottomessa a lui, e non il contrario.

Ero quasi sul punto di prendere il suo viso tra le mani e pregarlo di baciarmi, quando Svein alzò la testa, richiamato da un rumore soffice.

«Che succede?»

«Aspetta qui.» Si alzò, avviandosi verso l'entrata della caverna, prendendo le sue armi.

Io lo seguii fino a quando lui non mi fece cenno di fermarmi. Da ciò che riuscivo a vedere nell'oscurità bagnata dalla neve, il lupo non c'era più. «Ma è…»

«Dagg. È lì fuori.»

«In forma umana?» chiesi, sentendo il petto stringersi. «Dobbiamo farlo entrare.»

«No. Non è… se stesso.»

Non un uomo, allora.

«Voglio vederlo» dissi, prendendo a camminare, ma Svein mi afferrò.

«Se fosse completamente in sé, neanche lui vorrebbe che tu lo vedessi in queste condizioni.»

Una folata di vento aggressiva entrò nella caverna, alzando la polvere fin quasi al fuoco. Il lupo aveva aspettato ai piedi della caverna il momento in cui avrebbe potuto entrare, non come lupo, ma come uomo. Ma il momento non era mai arrivato; invece, aveva guardato me e Svein stare insieme, lasciandosi andare alla disperazione.

«I tuoi capelli si stanno ghiacciando» dissi, spingendo Svein di nuovo dentro la caverna con le lacrime agli occhi.

«Non è colpa tua. Fern—»

«Stringimi, ti prego» dissi, spingendomi contro di lui, nascondendo il viso sul suo collo.

Le sue braccia si strinsero intorno al mio corpo, e insieme ci lasciammo andare sulle coperte.

Mi misi sopra di lui, portando indietro le lacrime abbastanza a lungo da asciugargli i capelli. Svein mi studiò, ma io tenni gli occhi lontani dai suoi. Abbassando la testa, portai le mani sui lacci dei suoi pantaloni.

«Fern—» disse, afferrando le mie mani.

«Per favore. Ho bisogno di te.»

Con un singolo movimento, Svein mi poggiò sulle pellicce, il suo corpo sopra il mio.

«Pensi che ti rifiuterei mai?»

Io scossi la testa. Il mio desiderio aveva un sapore amaro, sapendo che Dagg era quasi sicuramente ormai perso, ma avevo almeno ancora un guerriero, al mio fianco. Non avrei più potuto continuare a fingere di non desiderarlo.

«Ho sognato tutto questo ogni singola notte» respirò Svein. La sua mano scivolò sotto il mio vestito, ed io alzai i fianchi immediatamente, rispondendo al suo tocco. «Lo sai cosa succede alle ragazze cattive che entrano nel territorio dei lupi?» mi chiese, gli occhi scintillanti.

Io scossi la testa.

Le sue labbra trovarono il mio orecchio. «Vengono mangiate.» I suoi denti presero a raschiare un punto sensibile dietro il mio orecchio, mordendo dolcemente il mio lobo. Io mi sentii sciogliere completamente.

La sua bocca prese a scivolare giù, sempre più giù, fino a quando i suoi denti non lasciarono un morso delicato sulla pelle interna delle mie cosce.

«Qui» disse, e il suo mento barbuto toccò il mio punto sensibile, facendomi trasalire. Tenendomi ferma con le sue mani, Svein continuò ad esplorare, avvicinandosi completamente al mio punto debole. Restai completamente ferma, come una preda ormai tra le mani del suo predatore.

«Qui è dove mangerò.» Il suo respiro caldo mi bagnò le labbra inferiori, e la mia pelle venne pervasa dai brividi.

«Oh, Svein—»

«Sì, piccola, così. Chiama il mio nome. Urlalo più forte che puoi.»

Poi abbassò la testa, e mangiò. Le sue mani larghe strinsero con forza i miei fianchi, tenendomi ferma. La sua lingua scivolò nei miei punti segreti, toccando posti che mi fecero perdere la testa. Ignorò le mie mani strette intorno ai suoi capelli; i miei gemiti, le mie preghiere.

«Matura come un frutto, e così dannatamente dolce», disse.

Il mio corpo si tese come fosse una corda di violino, tremante e pronto. M'inchiodò con la sua lingua, penetrandomi anche con le dita. Affondai le unghie sul terreno, incapace di scappare dal suo tocco, dalla sua bocca. Urla riempirono le mie orecchie, suoni che a malapena riuscii a riconoscere come miei.

Quando tornai in me, la mia testa cadde sulle pellicce, e il vento prese a far svolazzare i miei capelli. Oltre il fuoco, c'erano occhi che osservavano, fermi nell'oscurità.

Sentii le lacrime pizzicarmi gli occhi a causa dell'enorme piacere che avevo appena provato.

Svein era ancora intento a toccarmi, godendosi il mio piacere leccando e baciando. Io lasciai andare un respiro tremolante quando lui si alzò, coprendo il mio corpo con il suo.

«Sh, piccola rossa. Andrà tutto bene.» Il suo peso mi fece sentire immediatamente al sicuro, quasi in grado di assorbire il dolore che sentivo dentro di me.

Non era solo *mio*, quel dolore, dovevo ricordarlo. Svein avrebbe per sempre portato dentro di sé il senso di colpa di non essere riuscito a salvare il suo guerriero fratello.

«Mi dispiace» mormorai, ormai sul punto di perdere conoscenza.

Le labbra di Svein sfiorarono le mie. «Lo so. Dormi.»

Provai con tutte le mie forze a restare sveglia abbastanza da chiedergli, «E che ne è del tuo piacere?»

Lui mi baciò con passione. «Domani» promise sulle mie labbra. «Domani ti insegnerò come darmi piacere.»

FERN

*L*a mattina dopo, trovammo impronte sulla neve. Un uomo aveva fatto avanti e indietro, come non riuscisse a calmarsi, proprio di fronte l'entrata della nostra caverna, e aveva lasciato la postazione prima dell'alba. Mi feci portare, da Svein, nel punto oltre il quale le impronte sparivano del tutto. Non riuscii a capire se, dopo quel tratto, le impronte si trasformavano in quelle di un lupo.

«Era lui. Dagg è tornato.»

Il viso di Svein si fece duro. «Se si trasforma in mostro un'altra volta, dovrò cacciarlo via.»

«No, non farlo.»

Svein mi aveva già dato le spalle, di nuovo diretto verso la caverna. Io gli afferrai la mano, ma neanche quello fermò i suoi passi.

«Tu pensi di poterci salvare?»

Quella domanda mi fece congelare sul posto. Lasciai andare la sua mano. «Devo.»

«Dovrei spedirti di nuovo dal branco e dagli Alpha.»

«Non c'è niente per me, lì.»

Scuotendo la testa, Svein afferrò la sua ascia e poi poggiò un grosso tronco su un altro, prima di spezzarlo a metà.

«Se mi porti indietro, farò tutto quello che posso per tornare. Non starò ferma a non fare nulla.»

Senza alcuna espressione in viso, il guerriero continuò a fare quello che stava facendo: tagliare la legna. Un tronco, poi un altro, ogni nuovo pezzo veniva gettato sulla pila che era già pronta per essere portata nella caverna con noi.

«Svein, mi stai ascoltando? Mi senti?» gli chiesi, muovendomi fino a quando non mi ritrovai esattamente di fronte a lui; adesso non poteva più ignorarmi.

Lui poggiò l'ascia per terra e incrociò le braccia al petto. «Cosa mi ha fatto pensare che tu fossi silenziosa?»

Sorridendo, mi avvicinai a lui abbastanza da essere a pochi centimetri di distanza. Poi mi alzai in punta di piedi, pronta per baciarlo. Ma non riuscivo comunque ad arrivare alla sua altezza, così fu lui, alla fine, ad azzerare la distanza. Feci tutto ciò che era in mio potere per convincerlo a tenermi, fino a quando lui non si staccò con un sospiro.

«Devo andare a caccia.»

«Terrai un occhio aperto per Dagg?»

Svein portò il pollice sulle mie labbra, ma non mi disse di tacere. «Mi aspetto di trovarlo soltanto se lui vorrà essere trovato.»

Fern

PER MIO GRANDE DISAPPUNTO, Svein non trovò Dagg quel giorno, e neanche il giorno successivo. La neve si era fermata, per un po', ma il mondo restò comunque in silenzio, tutte le sue creature a riposo.

Svein ed io trovammo come passarci il tempo, dentro la nostra grotta. Avevo portato qualche bicchiere, un po' di pane, i vestiti che avevo addosso, il mio mantello e i miei stivali. Poi avevo messo dentro la borsa anche qualche vestito di ricambio, piccole porzioni di erbe e un po' di sapone. Non avevo molto, con me, ma queste poche cose mi avrebbero dato la possibilità di rendere quella piccola caverna casa nostra, anche solo per un po'.

Per passarci il tempo, Svein e io ci occupammo di rendere la nostra caverna un posto grazioso e confortevole. Fuori da lì l'inverno aveva ormai congelato tutto il mondo, ma dentro quella caverna il mondo era caldo e sicuro. Svein se la cavava bene con il fuoco; aveva trovato una rientranza nella quale costruirne uno che potesse portare il fumo fuori, lasciando però il calore all'interno.

E addosso ai nostri corpi avevamo sempre una nuova pelliccia calda—ogni volta che Svein mi lasciava per andare a cacciare, tornava portando con sé una nuova pelliccia bianca che odorava d'inverno.

Io mi assicuravo sempre di scacciare via ogni singola ragnatela, e di sistemare le nostre pellicce sulla roccia piana che costituiva il nostro letto. Ogni singolo giorno tenevo una brocca d'acqua calda sopra il fuoco, e utilizzavo erbe per aromatizzarla e fare del buon tè. Svein andava via di mattina presto, o la notte, e a volte tornava che io ancora dormivo, con tantissima legna da ardere tra le braccia. Il suo viso pulito si era fatto meno scavato con il passare dei giorni, quegli occhi che prima erano infestati dalla paura e dalla rabbia stavano tornando del loro solito colore normale. Con ogni singola battuta di caccia, al ritorno io essiccavo la carne che portava e la mettevo da parte, proprio come avrei fatto se questa fosse stata una casa normale e non una semplice caverna; magari, con un po' di fortuna, quello era solo un punto d'inizio.

Un pomeriggio, Svein tornò a casa molto tardi. Lo accolsi con sollievo, e lui si avvicinò allegro e mi catturò le labbra in un bacio prima di mostrami cos'è che lo aveva fatto tardare— un vassoio di pane fresco, e qualche pezzo di torta di miele.

«Dove li hai trovati?» chiesi io, richiudendo la stoffa intorno alla torta e leccando via il miele dalle mie dita.

«Qualcuno le ha lasciate al limitare del ponte» rispose lui, afferrando le mie dita per aiutarmi lui stesso a pulirle. Ma neanche quello riuscì a distrarmi abbastanza da non dire, «Sei salito sulla montagna? È pericoloso per te andare così vicino al branco!»

Lui si limitò a scrollare le spalle. «Non mi prenderanno. Ma tu hai bisogno di mangiare, piccola rossa. Sei già troppo piccola.»

«Non più» dissi io, incrociando le braccia al petto. Anche io ero cambiata; il mio corpo si era fatto più forte, i miei seni più grandi. Non ero formosa come lo era Laurel, ma avevo notato, qualche giorno prima, il modo in cui il mio vestito stringeva di più intorno al mio petto. «Mi dai a mangiare abbastanza carne. Non sono abituata a mangiare così tanto.»

«Sei così piccola. Hai bisogno di mangiare di più, per sopravvivere a questo freddo.» Le sue stesse guance erano rosse e graffiate dal vento e dal freddo, illuminate dal fuoco di cui si stava occupando.

«Tu mi tieni al caldo» gli ricordai io, e venni ricompensata da uno sguardo carico di desiderio.

Quella sera mangiammo pane e miele e poi ci dedicammo al nostro rituale serale. Ogni singola notte insistevo per fare il bagno, o almeno lavarci in qualsiasi modo con l'acqua calda e il sapone, prima di lasciarci andare sopra le pellicce per godere l'uno del corpo dell'altra.

Bagnai un pezzo di stoffa e lo passai, insaponato, sul collo e dietro le orecchie di Svein. I suoi capelli erano più scuri, bagnati, la testa abbassata per lasciarmi fare ciò che volevo. Concentrata com'ero in ciò che stavo facendo, non riuscii a notare immediatamente il sorrisetto che incurvava le sue labbra; non fin quando non lo sentii mordicchiare il mio collo.

«È arrivato il tuo turno» mormorò lui.

«Non ancora» gli dissi io, dandogli un piccolo schiaffo sulla mano con il panno.

Quando alzò lo sguardo su di me, i suoi occhi erano dorati. In un singolo movimento, mi ritrovai sotto di lui, giù. Completamente coricata sulle pellicce, i miei occhi si spalancarono per la sorpresa quando lui afferrò il panno che tenevo tra le mani. Le sue gambe a circondare i miei fianchi, l'altra sua mano andò sul collo del mio vestito, tirandolo giù.

Io feci un verso offeso quando mi resi conto che l'aveva strappato.

«Te ne troverò un altro» promise, ma non continuò a strapparlo completamente. Il panno bagnato si era fatto freddo; lo passò sulle mie clavicole, e sentii i miei capezzoli farsi immediatamente turgidi. Con attenzione e delicatezza, Svein passò il panno intorno al mio collo, dietro le mie orecchie, e poi si allontanò. Quasi mi alzai, sicura avesse finito, quando lui tornò ancora una volta con il panno di nuovo bagnato e caldo.

«Sono pulita» gli dissi, ma lo lasciai fare quello che voleva.

«Non ancora» rispose lui, prima di alzare le mie gonne. Il suo sorriso si fece improvvisamente serio mentre passava il panno sulle mie gambe, muovendosi lentamente, facendomi perdere la testa. Andò a bagnare un'altra volta il panno prima di tornare, inginocchiandosi proprio tra le mie gambe, così io mi ritrovai a divaricarle del tutto.

«Che stai facendo?»

«Non sono stato un ottimo maestro se, dopo tutto il tempo che abbiamo passato insieme, non sai cosa sto facendo.»

«Non siamo stati insieme così tanto a lungo.»

«Abbastanza perché tu sappia a chi appartieni» disse, il suo sguardo ad incendiarmi. «Abbastanza perché il tuo corpo sappia chi è il suo padrone.»

Poggiò il panno caldo e bagnato proprio sui peli ambrati in mezzo alle mie gambe, ed io persi il respiro. Il mio corpo si fece teso, pronto a tutto, come una corda di violino pronta ad essere tirata. Con uno sguardo selvaggio e malizioso, Svein mi pulì con attenzione, prendendosi il suo tempo, tracciando le mie labbra inferiori, immergendo il panno tra le mie pieghe.

«Un giorno, ti depilerò.»

I miei occhi si spalancarono.

Svein inarcò un sopracciglio. «Ti piacerebbe, piccola rossa?»

«Io... oh...»

Il suo palmo coprì interamente la mia intimità, penetrandomi con un dito. Il mio corpo venne coperto dai brividi, i miei fianchi si alzarono. Svein prese ad esplorarmi con pazienza, il suo tocco nient'altro che un sussurro lieve che mi fece perdere la testa, desiderare di avere di più. «Non importa cosa ti piacerebbe», disse. «Ti sottometterai ad ogni mio desiderio. Depilerò la tua dolce figa e la terrò esattamente come piace a me.» Tirò fuori il dito, portandolo alle sue labbra prima di succhiarlo. «Deliziosa.»

Io gemetti.

Lasciando andare il panno, Svein si posizionò sopra di me, prendendosi le mie labbra. Sentii il mio sapore sulle sue labbra, un'essenza selvaggia, terrosa, e quando Svein si allontanò mi resi conto di aver mosso i miei fianchi verso di lui per tutto il tempo, alla ricerca di stimolo.

«Una piccola, bellissima ninfomane.»

«Non sono una ninfomane.»

«Per me. Soltanto per me.» Le sue labbra mi solleticarono il collo, lungo le mie spalle, sul mio petto. «Un fiore che nasce silenzioso sotto la neve. Ti sciogli soltanto per me.»

E per Dagg, volevo aggiungere, ma Svein prese possesso della mia bocca, ed io dimenticai qualsiasi cosa.

Quando il vento prese a soffiare più forte, Svein portò le coperte sui nostri corpi. In una delle sue tante battute di caccia, aveva riportato a casa un'enorme pelliccia d'orso, che io avevo cucito insieme ad un lenzuolo, così che potessimo nasconderci all'interno per trovare calore. Le mie gambe s'intrecciarono alle sue, il mio corpo piccolo e indifeso sotto il suo, grande e caldo.

Svein portò un ginocchio in mezzo alle mie gambe, muovendolo su e giù, portandomi sempre più vicina all'orgasmo.

«Svein!» gemetti.

«Così, piccola rossa, proprio così. Lasciati andare.»

Persi il respiro quando l'orgasmo, infine, mi prese. Il mio corpo continuò a muoversi contro la sua gamba e, senza respiro, mi strinsi completamente a lui.

«Brava bambina» mormorò, accarezzandomi il collo mentre io mi rilassavo.

«Ti ho bagnato tutto» gli dissi, nascondendo il mio viso contro il suo petto.

«Non ci fa niente», ridacchiò lui. «Mi piace avere addosso il tuo odore. Ed io ti marchierò con il mio.»

«Stanotte?»

«Hai bisogno di dormire» disse, baciandomi di nuovo prima di posizionarmi tra le sue braccia.

Nel silenzio della notte, l'unico rumore era quello dello scoppiettio del fuoco che ancora ardeva. Alzai il viso per guardare l'entrata della caverna, e vi trovai fermo lì il grande lupo dal manto nero.

Soddisfatta, mi misi comoda sopra le pellicce. Dagg aveva ricominciato a passare le sue notti lì, con noi. Continuava a mantenere la sua forma da lupo, ma ogni notte mi sembrava di vederlo avvicinarsi sempre di più al fuoco, a noi.

Mi addormentai con le labbra curvate in un sorriso, e il mio corpo riscaldato dalle braccia forti di Svein. Il mio sonno fu calmo, pesante, e meraviglioso. I miei sogni erano lì, ad aspettarmi proprio oltre il velo. Lo spettro scheletrico sembrava fermo, in attesa, tra la nebbia oscura, incapace di venirmi a prendere. Stretta nell'abbraccio caldo dei miei compagni, io ero finalmente al sicuro.

FERN

Il mattino seguente, mi stiracchiai per bene, svegliandomi lentamente, l'aria fredda dell'inverno a bagnarmi il viso e il calore solido di un altro corpo a riscaldarmi da dietro.

Il Sole illuminava la caverna oltre i fiocchi di neve, che si era ormai fermata da qualche giorno. Erano passati cinque—forse sei?—giorni da quando ero arrivata. La caverna non era la casa che mi era stata inizialmente promessa, ma almeno era un rifugio.

Il fuoco era basso—Svein avrebbe dovuto rifornire la legna che avevamo a disposizione molto presto. Era strano che fosse ancora a letto, così tardi, ma di certo non me ne sarei lamentata; mi strinsi, invece, ancora di più contro il suo petto.

E poi mi congelai di botto quando peli spessi e soffici presero a solleticarmi il collo.

L'uomo coricato dietro di me non era Svein.

Era più grosso, la sua lunga barba a toccare le mie spalle nude, e un odore selvaggio, terroso.

«Ti sono mancato, piccolina?»

Scattai a sedere al suono di quella voce roca e profonda. Dagg era coricato lì, accanto a me, un sorrisetto ad incurvargli le labbra semi nascoste dalla lunga barba folta. C'erano linee dure a piegare la sua fronte, e grandi occhiaie sotto quei suoi begli occhi, ma... era lui.

«Dagg» sussurrai io, girandomi per bene per poterlo guardare. Lui ridacchiò mentre le mie mani prendevano ad accarezzare il suo corpo duro, un modo per rassicurare me stessa che fosse proprio suo, quel suo corpo caldo. Era umano; era vivo.

«Fern» mormorò lui, ed io tolsi la mano per poggiare sul suo petto la mia guancia, per sentire i battiti del suo cuore. Per assicurarmi che fosse reale. La sua mano si poggiò sulla mia testa, accarezzando i miei capelli, e per un po' restammo semplicemente fermi così.

«Così piccola» disse lui, le dita tra i miei capelli. «Mi ero dimenticato di quanto piccola fossi.» Un dito prese a giocare con una ciocca. «Così coraggiosa. Me li ricordo bene, questi capelli rossi; non li ho dimenticati neanche quando ho perso la testa.»

Le mie labbra lasciarono andare un respirò spezzato.

«Non piangere, piccolina...» La sua mano prese a scorrere lungo il mio collo, ed io lo strinsi ancora più forte. «La pazzia è andata via, per ora.» La sua voce si fece più bassa. «Sei così silenziosa.»

«Svein non sarebbe d'accordo con te. Dice che gli faccio perdere la testa.» Alzai il viso per poterlo guardare negli occhi. «Ma quando stavo in casa con le altre ragazze... non parlavo quasi mai.»

Le sue dita si aprirono sul mio collo. «Perché sei venuta qui?»

«Non potevo lasciarvi» sussurrai.

«Svein ha ragione. Sei più al sicuro, con il branco.»

Io non risposi; mi limitai a poggiare nuovamente la guancia sul suo petto.

«Ero arrabbiato con lui, all'inizio. Avrebbe dovuto mandarti via, riportarti dal branco. Ma… adesso sono contento che non l'abbia fatto. Sei tu che porti via la pazzia, è la tua presenza. Anche se temo di non poter mai più sentire intero.»

Mi strinsi più forte contro di lui. Tra le sue braccia, io stessa mi sentivo più lontana dalla mia, di pazzia. Il mio corpo si plasmò al suo, incastrandosi perfettamente.

«Ho il presentimento che nessuno dei due riuscirà a trovare la forza che serve per mandarti via, e così sia. La mia mente non è completamente sana, ma forse sei tu il pezzo che manca per farmi sentire di nuovo completo.

«Svein non sarà contento di sapere che sono qui, però. Vuole proteggerti da me.»

«Ma tu mi tieni al sicuro.»

«È quello che spero.»

Presi il suo polso con le dita, e poggiai la sua mano sulle mie clavicole. «Toccami, Dagg.»

Immediatamente, sentii il suo membro crescere contro la mia gamba. «È passato così tanto tempo, piccolina. Devo mantenere il controllo.»

«Fai ciò che devi» sussurrai io.

E così, senza dire un'altra parola, la sua bocca si poggiò sulla mia. Andò piano, all'inizio, si prese il suo tempo, degustandomi con lentezza. La sua mano trovò i miei seni, ed io sussultai. Dagg spostò il suo peso su di me, lasciando la mia bocca per prendersi cura del mio collo, tirando fuori dalle mie labbra piccole urla e gemiti.

Le sue labbra presero a scendere, baciando, sul mio collo, e per quanto mi considerasse piccola, ci mise tanto tempo a trovare il posto che stava cercando. Le sue labbra si fermarono per un po' sulle mie ginocchia, risalendo le mie gambe

LEE SAVINO

con piccoli morsi. La sua barba pizzicò la mia pelle, ma quando presi a muovermi, le sue mani si strinsero sui miei fianchi per tenermi ferma.

«A chi appartieni?» chiese, i suoi occhi dorati fissi nei miei, pieni di desiderio.

«A te» risposi io, gemendo quando la sua bocca calda si poggiò finalmente sul mio centro pulsante. «Dagg» gemetti ancora, senza respiro, i suoi denti a strisciare pericolosamente vicini al mio centro bagnato, la sua lingua a prendersi ogni singola parte di me.

Quando finì, mi strinse una pelliccia intorno al collo e mi prese sul suo grembo. Sedemmo di fronte al fuoco, io contenta e appagata, lui intento a passare le dita tra i miei capelli.

Restammo così fino a quando un'ombra non si formò proprio alla porta della caverna.

«Svein!» urlai io. «Guarda! Dagg è tornato!»

Il mio compagno dai capelli chiari fece un cenno con il capo verso il suo guerriero fratello, che si alzò dal suo posto. Entrambi restarono a guardarsi negli occhi con apprensione.

Il petto nudo di Dagg portava ancora i segni degli artigli di Svein, e sapevo bene che sotto i suoi, di vestiti, Svein portava le cicatrici dei suoi.

«È tornato» ripetei allora. «Possiamo finalmente stare di nuovo insieme.»

Svein si limitò a scrollare le spalle.

Quando mi alzai, qualche goccia del seme che Dagg aveva spruzzato sopra di me prese a scivolarmi lungo la gamba. Io lo ignorai, avvicinandomi a Svein, ma il mio viso stava andando a fuoco. Le labbra di Svein si curvarono in una smorfia, come sapesse il motivo per cui stavo arrossendo. Io afferrai la sua mano e lo portai con me più vicino al fuoco. I due uomini restarono a fissarsi, lo sguardo teso.

«Com'è andata la caccia?» chiesi io, spezzando il silenzio

amaro. Se le mie amiche dell'abbazia mi avessero visto in quel momento, a fare conversazione in quel modo, sarebbero rimaste scioccate; non ci avrebbero mai creduto, se glielo avessi detto. Ma dovevo in qualche modo appianare la situazione, renderla meno tesa e densa.

«Abbastanza bene. Ho preso qualcosa, l'ho lasciato fuori ad essiccare.» Svein tirò fuori la sua ascia e prese a pulirla con un panno e della neve. «Sarebbe andata meglio, se un mostro non avesse fatto scappare tutti gli animali.»

Un ringhio basso riempì la caverna; proveniva da Dagg. Io ritornai al suo fianco, e lui sembrò calmarsi immediatamente.

«Dovresti fare un bagno. Vieni, Svein mi ha portato una vasca abbastanza grande, ed io ho portato con me qualche erba per l'acqua.»

«Il mio lupo si è gettato sul lago ghiacciato, per te» rispose lui.

Io feci una smorfia. «Questo farà meno male.» Presi a muovermi, per preparare tutto. Quando l'acqua fu calda abbastanza, io presi la mano del guerriero dalla barba lunga e scura. «Andiamo, prima che l'acqua si freddi di nuovo.»

«Forse Svein potrebbe andare a prendere dell'altra legna per il fuoco» disse Dagg, gettando uno sguardo affilato verso di lui.

«Non vado da nessuna parte» rispose l'altro, incrociando le braccia al petto.

«È Dagg!» lo rimproverai io. «È il tuo guerriero fratello. Sono al sicuro, con lui.»

Dagg mi toccò i capelli. «Svein ricorda un tempo in cui non era così.»

«Quella è stata opera del Re dei Morti. È stato lui a metterti contro di noi.»

«Non importa; deve comunque farsi perdonare» disse Svein. «Non è così facile, riavere la fiducia di qualcuno.»

«La maledizione è andata via; la mia mente è calma, adesso. Ma nonostante questo, mi farò perdonare.» Dagg s'inginocchiò di fronte a me, prendendo la mia mano. «Mi farò perdonare.»

Così, inginocchiato di fronte a me, Dagg mi lasciò libera di pulirlo. Nonostante fosse inginocchiato, dovetti comunque alzarmi in punta di piedi per poter gettare l'acqua sulla sua testa. Svein restò di guardia ai piedi della caverna, braccia conserte e labbra curvate in una smorfia amara. Restò a guardarci nello stesso modo in cui Dagg era rimasto a guardare me e lui per tanti giorni.

Svein vedeva forse le mie azioni come un tradimento? Il legame tra di loro era forse così rotto, ormai, che non saremmo mai più stati in grado di essere come una sola entità?

Come se Dagg avesse potuto sentire i miei pensieri, lo sentii mormorare, «Il legame tra di noi c'è ancora. Lui vorrebbe solo che non fosse così.»

Feci scivolare il panno bagnato sul suo petto ampio, sussultando alla sensazione delle sue ferite sotto le mie dita. «Dovete fare pace.»

«Presto, piccolina» disse lui, portandomi più vicina. «Prima, lasciami godere il mio bagno caldo.»

«Non è proprio un vero bagno» sussurrai io. La sua mano prese a risalire in mezzo alle mie gambe, ed io sentii il calore prendersi il mio viso un'altra volta. Mi scostai un poco. «Ho bisogno di lavarmi anch'io.»

«No, lascialo» disse lui, alzando il viso per annusare l'aria, gli occhi dorati. «Dovresti odorare di me, sempre.»

Lo colpii con delicatezza con il panno bagnato. Alzando la mia veste, provai ad entrare dentro la vasca per potermi lavare per bene.

Braccia forti si strinsero intorno alla mia vita. Io provai ad allontanarmi, ma Dagg mi alzò senza alcuno sforzo, portandomi di nuovo sulle pellicce. Mi lasciò cadere lì ed io rotolai, provando a scappare via, e lui si alzò di nuovo, bloccando la mia fuga con il suo grande corpo. Mi acchiappò un'altra volta, tirando il vestito, ed io lo tolsi completamente, ridacchiando. Un'altra stretta forte, e ci ritrovammo sulle pellicce insieme, io in qualche modo sopra di lui.

«Sono ancora sporca» protestai quando lui mi portò giù, completamente coricata sul suo corpo, una sua gamba intrecciata sulle mie.

«Che senso ha pulirsi quando ti sporcherei di nuovo?» chiese lui, la sua voce bassa e gutturale come un ringhio, gli occhi dorati e luccicanti, così tanto che sapevo la Bestia fosse vicina.

Dopo un lungo bacio, presi a strusciare il mio corpo selvaggiamente contro il suo busto, muovendomi da una parte all'altra e gemendo mentre raggiungevo il piacere.

«Piano» ringhiò Dagg, coprendomi con le pellicce.

Il desiderio mi riempì da capo a piedi anche quando disse, «Prenderai freddo, piccolina.»

«Mi terrete al caldo» dissi, girandomi per allungare il braccio verso Svein, che era entrato finalmente dentro la caverna per potermi guardare. «Lo farete entrambi.»

«Pace, fratello?» chiese Dagg. «Per lei.»

«Per lei», concordò Svein. «Pace.»

Mi staccai da Dagg, e lui mi lasciò andare da Svein. Alzandomi in punta di piedi, gli circondai il collo con le braccia e lo ricompensai con un bacio. Immediatamente, Svein prese il controllo della situazione: con una mano stretta a pugno tra i miei capelli e l'altra sul mio fondoschiena, mi fece camminare in retromarcia fino al letto. Poi mi girò con fermezza, un braccio d'acciaio attorno alla mia vita, e scostò i capelli dal mio collo per poterci poggiare sopra le labbra. Scariche elettriche mi attraversarono il corpo immediatamente, dal punto in cui erano poggiate le sue labbra fino al mio centro. Sentii le ginocchia farsi deboli, il mio corpo quasi cadere; restai in piedi solo grazie al braccio stretto attorno al mio corpo.

«Piccola rossa.» Dagg s'inginocchiò di fronte a me, ora all'altezza perfetta per poter prendere i miei seni nella sua bocca. La mano di Svein scivolò sul mio centro, coprendolo del tutto; le sue dita scivolarono dentro.

I gemiti scivolarono alti e gutturali dalle mie labbra, una, due, tre volte. Tremai, ferma in mezzo ai due uomini intenti a tormentarmi meravigliosamente. I miei seni si fecero pieni e pesanti sotto le labbra di Dagg. La sua barba pizzicava.

Il respiro di Svein era caldo sul mio collo, le sue labbra capaci di trovare ogni singolo punto sensibile. I suoi denti raschiarono proprio dove batteva il mio cuore, facendomi rabbrividire dalla testa ai piedi. Ma ogni singola goccia di paura si trasformò in un attimo in desiderio.

I baci di Dagg scesero giù, sempre più giù fino a quando non raggiunsero la mia intimità, ed io inarcai il mio corpo contro quello di Svein per dare ampio spazio alla sua bocca.

«Ci vuoi, piccolina?» mi chiese Svein, afferrando il mio lobo tra i denti, mordicchiando con delicatezza.

«Sì», respirai io, le mie pareti interne a stringersi tra le dita di Svein. I suoi denti tracciarono lungo il mio collo, ed immediatamente ricordai ciò che le mie amiche mi avevano detto dei loro guerrieri, del modo in cui i Berserker marchiavano le loro compagne. Forse, se l'avessero fatto, questo avrebbe potuto aiutare il legame di Svein e Dagg a farsi più forte.

«Reclamatemi. Marchiatemi.»

Un attimo dopo, Svein mi poggiò di nuovo per terra. «Facciamo richieste, eh?»

«Aspetta—»

La mano di Svein si chiuse intorno al mio collo, girando il mio viso per potermi guardare negli occhi. «Ti vuoi sacrificare per far risorgere il legame tra me e Dagg?» I suoi occhi dorati erano quasi arrabbiati. Il mio battito si fece erratico sotto le sue dita.

«No, volevo solo…»

Svein mi girò, facendomi scontrare contro lo sguardo di Dagg.

«Cosa dovremmo farne di questa ragazzina cattiva che è venuta fin qui, rischiando la sua vita, per salvarci?» chiese Svein.

«Dovremmo insegnarle ad essere più saggia. Dovremmo insegnarle a chi appartiene» rispose Dagg, la voce un ringhio gutturale. Le sue labbra una linea sottile sotto la sua barba folta.

«Vi prego, io—»

«Ti marchieremo, piccolina, sì. Ma non nel modo in cui desideri.»

Le mie gambe si fecero improvvisamente deboli, e Svein mi prese immediatamente. «Voglio depilare questa» disse, la sua mano improvvisamente tra le mie gambe.

«Non completamente?» disse Dagg, la fronte aggrottata, come se l'idea non gli piacesse.

«No», confermò Svein. «Mi piace vedere piccole ciocche rosse.»

Io sussultai, il viso rosso di vergogna, mortificata al sentirli parlare di una cosa simile. Un minuto dopo, però, mi ritrovai coricata di schiena sulle pellicce, sistemate in modo tale da farmi sentire comoda, Dagg in ginocchio in mezzo alle mie gambe.

Svein tirò fuori un coltello ed una pietra levigata. Testò la lama del coltello sulle dita, poi prese a levigarlo sulla pietra.

Dagg mi lavò con accortezza, facendo scivolare acqua calda su di me, poggiando il panno caldo tra le mie gambe. Quando si fece freddo, lo portò via, e lo rimpiazzò con la sua bocca. Il mio corpo scattò in su immediatamente al contatto, il piacere a scivolare lungo tutto il mio corpo.

Quando Dagg si allontanò, Svein prese il suo posto. La luce del fuoco rifletté sulla lama.

«Paura?»

Io scossi la testa.

«Dovresti averne. Siamo dei mostri. Eppure, non hai mai avuto il buon senso di essere spaventata...»

Dagg si sedette dietro di me, prendendomi e portandomi sul suo grembo. Poi mi divaricò le gambe, e le tenne ferme con le sue.

«Anche in quei primi giorni, anche nei primi momenti, non hai mai avuto veramente paura» disse, mordicchiandomi un lobo. «È così che abbiamo capito che fossi tu, quella giusta. Che appartenevi a noi.»

Svein si sporse verso di me, mettendosi a lavoro. Io chiusi gli occhi.

In qualche modo, essere così perfettamente abituata al tocco di Svein rese il tutto più strano. Il modo in cui le sue dita mi accarezzavano, ungevano la mia pelle, il modo in cui le sue mani presero a muoversi su di me, il suono della lama che recideva i peli ambrati dalla mia pelle. Dagg tenne sempre le mie gambe perfettamente divaricate.

La mano libera di Svein si poggiò proprio sul mio basso ventre, tenendomi ferma. Io restai lì, completamente aperta e nuda per loro, il mio intero corpo a sciogliersi contro quello di Dagg, alzandosi e abbassandosi seguendo il ritmo del suo respiro.

Non avevo alcuna consapevolezza di me, del mio corpo e della mia anima oltre i punti in cui loro mi toccavano, reclamavano, possedevano.

E quando Svein ebbe finito, entrambi mi poggiarono nuovamente sulle pellicce e fecero a turno, mostrandomi in ogni singolo modo quanto esattamente gli appartenessi.

Li pregai, ancora e ancora, ma non mi marchiarono quella notte.

Non ancora.

Ma sapevo che lo avrebbero fatto. Lo avrebbero fatto presto.

FERN

«*O*ra che ha smesso di nevicare così forte, potremmo ricevere delle visite» commentò Svein la mattina dopo. Inginocchiato di fronte al fuoco, era intento a punzecchiare la legna ormai bruciata per vedere se qualcuna riusciva ancora ad accendere.

«Visite?» chiesi io.

«Il branco. Ci stanno ancora cercando.»

«Ma gli Alpha vi hanno cacciati via.»

«Sì», disse Dagg, entrando dentro la caverna con le braccia piene di legna. «E c'è almeno un lato positivo nella cosa: senza il legame, non riusciranno a trovarci tanto in fretta.»

«Possono sempre fiutare le nostre tracce» commentò Svein, spostandosi per permettere a Dagg di gettare la legna sul fuoco.

«Le tracce possono essere nascoste.»

«Un attimo» dissi io. «Perché non vogliamo essere trovati?»

Svein aveva tirato fuori la sua lama, e stava spargendo schiuma da barba sul suo viso per poterla togliere. Quando si girò e mi scoprì a guardarlo, mi scoccò un sorrisetto. Il ricordo di quella stessa lama sul mio corpo mi fece andare a fuoco immediatamente, le guance rosse d'imbarazzo e desiderio.

«Perché ti porterebbero via da noi, e ci caccerebbero un'altra volta. Considererei strano il fatto che non siano già arrivati, ma probabilmente è stata la neve a tenerli a bada così a lungo» mi rispose Dagg.

«Sempre che si prendano la briga di cacciarci via di nuovo» disse Svein, amaro. «Se volete la mia opinione, piuttosto che rischiare che questa cosa succeda un'altra volta, ci ammazzeranno e basta.»

Io sussultai.

«La tormenta li ha tenuti lontani, ma adesso dobbiamo fare attenzione.»

«Non voglio vedervi morire» sussurrai io.

«Neanche io» rispose Dagg, voce bassa quanto la mia. «Soprattutto non adesso che abbiamo trovato una ragione per vivere.»

Una volta finito con il fuoco e finito con la barba, Svein si avvicinò a me per testare quanto liscia fosse la sua pelle sulle mie stesse guance. Poi mi lasciò un bacio, ed entrambi si alzarono.

«Dobbiamo andare a caccia» disse Svein, sistemando dentro la cintura le sue armi mentre Dagg si studiava le mani, chiudendole a pugno come se le unghie fossero artigli.

«Tutti e due?»

«Ne servono due per abbattere una preda più grande, piccola rossa» disse Dagg, portando una mano dietro il mio collo per avvicinarmi, baciandomi la fronte subito dopo. «Torneremo subito dopo il tramonto.»

«Resta dentro la caverna» ordinò Svein.

Io presi a sistemare, allora, e occupai un bel po' di tempo per lavarmi come si deve. Nella solitudine, esaminai un po' il punto in cui ero stata depilata, ma principalmente passai il tempo a sperare di rivedere i miei guerrieri tornare presto. Coprendo il mio corpo con una pelliccia, sedetti di fronte al fuoco e restai a guardare le fiamme come in trance—ma senza alcuna brutta visione. Con Dagg e Svein al mio fianco, ero al sicuro.

Le cose stavano andando meglio, ma c'era ancora molta strada da fare. Sarebbe arrivato, prima o poi, il momento in cui i miei compagni mi avrebbero marchiata e reclamata come loro, certo... ma poi? L'inverno non sarebbe rimasto per sempre, e noi appartenevamo alla montagna, al branco. Io cominciavo a sentire la mancanza delle mie amiche, e anche se loro non lo dicevano, ero certa che anche Svein e Dagg sarebbero stati meglio con la consapevolezza di essere di nuovo accettati dai loro fratelli guerrieri.

Un suono animale catturò la mia attenzione, ed io mi avvicinai lentamente all'entrata della caverna. Impronte di stivali marcavano la strada, ma non c'era alcun segno dei miei guerrieri. Mi strinsi dentro la mia pelliccia e, guardando di fronte a me alla foresta, andai fuori.

Lì, nascosto dietro qualche cespuglio, c'era qualcosa dal manto scuro.

«Dagg?»

Era già tornato? Non era più umano, ma un mostro?

La creatura si tirò fuori dai cespugli, ed io mi congelai sul posto. Non era un mostro, né un Berserker, ma un orso, sveglio prima del suo tempo. Alto, grosso, arrabbiato e molto, molto affamato.

Con estrema lentezza, feci un passo indietro. C'era la possibilità che non riuscisse a sentire il mio odore, che sentisse addosso a me solo il puzzo del fuoco, e che restasse lontano.

Un altro passo indietro, poi un altro ancora. L'animale ringhiò, avvicinandosi a me. Aveva trovato qualcosa di particolarmente interessante, dietro quel cespuglio; le ossa di qualche pasto passato. Doveva essere stato Dagg a lasciarle lì. Mentre cercavo di convincere il mio corpo a fare l'ultimo passo, seppur troppo vicino all'orso, per entrare di nuovo dentro la caverna, lui prese a camminare lungo il bordo del cespuglio, frapponendosi d'improvviso tra me e l'entrata della caverna. Poi prese a sgranocchiare ciò che ne restava delle ossa, ed io presi a guardarmi da un lato all'altro, cercando, con il cuore che batteva forte dentro il petto, un modo per scappare via.

L'orso spostò il viso verso l'entrata della caverna, sentendo il fuoco, facendo un cenno di disgusto alla puzza. Poi, d'improvviso, la sua testa scattò verso di me.

Presi a correre prima ancora che lui muovesse un altro muscolo. I rami presero a graffiarmi il viso mentre io correvo dentro la foresta, l'orso una figura scura dietro di me. Mi liberai dalla quantità incredibile di rami che cercava di tirarmi indietro e poi corsi ancora più forte dentro la foresta, zigzagando tra gli alberi alti.

Un ringhio dietro di me; l'orso si stava avvicinando. Era grosso e affamato, ed io mi trovavo in territorio sconosciuto. La neve ancora alta sul terreno prese a stringersi intorno ai miei stivali, minacciando di tenermi ancorata sul posto, ed io dovetti allentare il passo, spingendomi avanti quanto più velocemente potessi.

Un lampo scuro mi passò accanto, ed io mi scostai verso destra, andando a finire contro qualcosa di bianco, solido e caldo. Non era neve. Mi prese di peso, le mie gambe a scalciare, e mi tenne stretta. Io urlai, provando a liberarmi, ma il mostro mi teneva ferma, stretta contro il suo corpo enorme.

Stai ferma, sentii qualcuno dire dentro la mia testa, e quando mi girai, occhi dorati fissavano con forza i miei. La creatura che mi teneva stretta era grande, ricoperta di manto bianco e grigio. Aveva le fattezze di un orso, il corpo grosso ma umano, più alto di qualsiasi altro uomo avessi mai visto.

Un ringhio squarciò l'aria e sembrò riverberarmi nelle vene, facendomi rabbrividire. Due figure enormi e scure si alzarono dalla neve e presero a combattere. L'orso, e... qualcos'altro. Un altro mostro, coperto di pelliccia scura.

«Dagg» respirai io mentre il mostro ringhiava un'altra volta, così forte da far cadere la neve dagli alberi intorno a noi. L'orso, impaurito, fece un passo indietro e poi scappò via, e nel momento stesso in cui lo fece, Dagg si lasciò andare a quattro zampe, tornando lentamente nella sua forma da lupo.

Il mostro bianco e grigio sbuffò, poi cominciò a farsi strada verso la caverna.

«Svein» mormorai io, ancora stretta tra le sue braccia. Presi a tracciare i lineamenti del suo corpo, il pelo lungo il suo collo, la pelliccia sulle sue spalle. I suoi occhi dorati restarono a guardarmi mentre io lo esploravo. Quando mi avvicinai ai suoi denti, canini lunghi come coltelli, lui girò il viso e finse di mordermi le dita. Per quando tornammo verso la caverna, la sua forma era tornata ormai quasi umana, seppur altrettanto possente. Al pelo prese posto una pelliccia, che si adagiò sulle sue spalle. Nel momento stesso in cui entrammo dentro la caverna, lui gettò la pelliccia per terra.

«Cosa—» cominciai io, ma lui si girò e prese ad avanzare verso di me. Poggiò le mani sul mio collo, e con un singolo movimento strappò il davanti del mio vestito. Troppo sotto shock per poter dire o fare qualcosa, restai ferma in piedi, a rabbrividire mentre lui continuava ad avvicinarsi a me, le fattezze animali sul suo viso ad andare via completamente.

Una forma scura entrò nella caverna: Dagg. Le sue mani erano ancora simili a quelle di un orso che a quelle umane, le dita allungate e affilate come artigli.

Riuscii a sentire le loro voci dentro la mia testa.

Deve essere punita, sembrarono concordare entrambi, due paia di occhi dorati fissi su di me.

Io deglutii, e feci un passo indietro. *Dagg e Svein,* dissi dentro di me. *Sono Dagg e Svein. Non mi farebbero mai del male.*

Ne sei così sicura, piccola rossa?

Il ringhio di Svein sembrava divertito. E, ancora una volta, mi sembrò di avere l'impressione di sentire chiaramente le loro voci dentro la mia testa.

Non hai mantenuto la promessa. Hai lasciato la caverna, disse la voce di Svein. Nel suo viso non c'era più alcuna traccia di divertimento.

«Io volevo solo—»

Togliti la veste, disse. *Adesso,* aggiunse poi, quando mi vide esitare.

Mi spogliai velocemente, prima che potesse rovinare il vestito del tutto.

Ora vai sulle pellicce, a quattro zampe. Culo in aria.

Io mi lasciai andare sul letto, sbrigandomi ad obbedire. Sentii la pelle del mio collo riempirsi di brividi alla posizione così vulnerabile. A quattro zampe con una guancia premuta contro le pellicce, era tutto esposto di fronte ai loro occhi. Avrebbero potuto farmi qualsiasi cosa volessero.

Proprio mentre realizzavo la cosa, una grande mano si poggiò sul mio fondoschiena. Le dita spinsero contro la mia carne, scendendo giù. Se quelle dita fossero state quelle della Bestia, le unghie degli artigli, avrebbero lasciato strisce rosso sangue al loro passaggio. Quanto sarebbe stato facile per la loro parte maledetta, portare la morte.

Oh, piccolina, non ti faremmo mai del male in quel modo. Ma ci sono delle conseguenze. Le mani si poggiarono sui miei fianchi, spingendoli più in alto. Respiro caldo si scontrò contro le mie labbra inferiori, e denti, i canini lunghi abbastanza da poter appartenere ad un animale, morsicchiarono con lentezza il mio centro esposto.

Un corpo grande si coricò accanto a me. Io tenni la testa bassa, nel caso in cui guardarmi intorno li avrebbe fatti arrabbiare. La bocca in mezzo alle mie gambe continuò ad esplorare con lentezza, gustandosi il momento, e un dito grosso accarezzò i miei seni. Persi il respiro quando sentii un artiglio disegnare con delicatezza un cerchio intorno ad un capezzolo. Il mio corpo era pieno di brividi, ma per una ragione completamente diversa, che non aveva nulla a che fare con il possibile freddo, o con la paura. Al contrario, negli ultimi minuti il mio corpo si era fatto incredibilmente caldo.

«Fai bene ad obbedirci» mormorò Dagg, accanto a me.

«Non volevo correre incontro al pericolo.»

«Non hai fatto che correre incontro al pericolo dal momento in cui sei venuta da noi» disse Svein, sembrando quasi arrabbiato. «E te ne siamo grati. Ma finisce qui.»

«Tu vuoi la nostra protezione; te la daremo.»

Dagg continuò ad accarezzarmi i seni mentre le dita di Svein esploravano il mio fondoschiena. Il loro tocco mandò scariche elettriche proprio sul mio centro.

«Adesso rilassati. Sto per punirti.»

Svein fece divaricare ancora di più le mie gambe, guadagnando completo accesso. «Questo è nostro» mormorò, facendo scivolare un dito lungo le mie gambe. Poi la sua mano si poggiò sulla mia intimità. «E anche questo.»

«Sì», sussurrai io.

Con lentezza, mi penetrò con un dito. I miei muscoli si tesero immediatamente intorno all'intruso. Dopo aver fatto scivolare il singolo dito intorno alla mia entrata, ne aggiunse un altro. E un altro. Un quarto si fece strada dentro di me poco dopo, allargandomi.

«Oh…» gemetti all'invasione, sentendo un pizzico di fastidio.

«Sh, calma» sussurrò Dagg, accarezzando la mia schiena fino a quando non mi rilassai del tutto.

«Brava, proprio così.» Svein aveva ora tutte le dita strette insieme, e le fece entrare tutte quante dentro la mia entrata stretta. «Apriti, piccola rossa. Apriti per me.»

Si spinse dentro di me, e ciò che pochi secondi prima era spiacevole si trasformò in una sensazione meravigliosa. Gemetti mentre il mio corpo si stringeva intorno a lui, i miei piccoli muscoli a stringersi con piacere.

Lentamente, Svein ritirò la mano, mormorando qualcosa che non riuscii a sentire.

«Permettimi» mormorò Dagg, e i corpi si mossero fino a quando non si scambiarono di posto.

Respiro caldo colpì le mie parti basse, e dita forti tennero le mie gambe divaricate quando presi a muovermi. Invece delle dita, fu la lingua di Dagg a toccare il mio centro, muovendosi in mezzo alle mie pieghe e trovando tutti i punti giusti per tirare fuori dalle mie labbra gemiti soffici di piacere, il mio corpo in fiamme.

Mani grandi mi presero di peso e mi posizionarono, con enorme gentilezza, sulla schiena. Poi si alzarono entrambi, ai miei due lati, due montagne d'uomini dagli occhi completamente dorati.

Svein portò la sua mano di nuovo sulla mia entrata. Le sue dita erano bagnate, quella volta, e riuscì a penetrarmi senza alcuna difficoltà.

«Respiri profondi» mi ordinò, e con quelle parole si spinse dentro di me. Io tremai. Rivoli di piacere presero a scivolare con forza fuori e dentro me, percuotendomi da capo a piedi.

«Troppo?» mi chiese Svein. Era dentro di me, la sua mano a riempirmi completamente. La mia entrata si allargava attorno al suo polso.

Avrei voluto muovermi ed urlare, perché la verità era che non era per niente troppo; al contrario, era *troppo poco*. Ero piena, ma ogni parte di me voleva improvvisamente di più.

Volevo essere riempita dai miei due uomini, fisicamente e mentalmente. Volevo annegare in loro.

Il piacere prese a bruciare dentro la mia mente. Mi fece tremare così tanto da far risultare il movimento uno spasmo. Le dita di Svein toccavano ogni singola parte di me.

Mi sentivo come intenta ad ondeggiare dentro un altro mondo, quando la sua mano si allontanò di colpo. Il suono della sua risatina mi fece tornare al presente.

Dagg mi aiutò a mettermi seduta, e mi porse dell'acqua. La sua barba pizzicò il mio petto. Io presi a lasciare baci lungo tutto il suo viso fino a quando non trovai le sue labbra.

«Sei stata brava» mormorò. «Farai più attenzione, da adesso in poi?»

La testa leggera, mi limitai ad annuire.

«Brava bambina.»

Si alzò, ed io sbattei le palpebre. I due guerrieri erano ora inginocchiati ai miei lati, i loro membri stretti tra le mani, gli occhi fissi su di me. Uno alla volta, entrambi vennero sul mio corpo, riempiendo la mia pelle nuda del loro seme.

«Spargilo sul tuo corpo, piccolina. Prendi il nostro odore. Tutti sapranno a chi appartieni.»

Dagg si coricò accanto a me, spingendomi contro il suo corpo, i suoi peli ad accarezzare la mia pelle nuda, facendomi rabbrividire.

«Dormi, piccolina. Sei nostra, adesso.»

Mi lasciai andare al sonno, la sua voce a rimbombare dentro la mia testa, calmando i miei pensieri. *Appartieni a noi.*

* * *

Ero *ferma ai piedi di un burrone, gli occhi fissi giù, rivolti verso il mondo lontano. Le mie gonne svolazzavano al vento che arrivava più forte, così in alto. Sotto di me, l'armata del Re dei Morti combatteva contro i Berserker. Spade contro asce, asce contro ossa.*

Il vento portava con sé il rumore della battaglia, e il puzzo dei morti.

«È finita» disse il Re dei Morti. Era fermo dietro di me, i suoi vestiti neri a ricoprire il suo corpo ossuto. Non aveva un aspetto umano—aveva più l'aspetto dell'armata dei non morti che comandava, piuttosto che quello dello stregone umano che era stato un tempo. «Farai meglio a darla a me.»

Le mie dita si strinsero intorno al gioiello che portavo al collo. Luce calda e bianca scappava dalle mie dita.

«Non appartiene a lui.» C'era una terza persona lungo il burrone con noi; una donna dai capelli dorati, quasi bianchi. «Dalla alle tue sorelle, così da poterlo sconfiggere tutte insieme.»

Aprii la mano, e la pietra era scomparsa. La vedevo ancora chiaramente, scintillante sul fondo di un lago.

Aprii la bocca per dirlo alla donna.

«No!» il Re malvagio urlò, facendo apparire una nuvola scura sopra di me. «Non parlare!»

Una mano si poggiò improvvisamente sulle mie labbra, impedendomi di respirare, di parlare, di urlare—

Ero ormai quasi ai piedi della caverna quando i miei guerrieri si accorsero che qualcosa non andava.

«Che succede, piccolina?»

Io scossi la testa, la mente ancora piena della voce del Re dei Morti, del suo ordine. *Non parlare. Non parlare.* Sarebbero successe cose terribili, se avessi dato voce a ciò che vedevo.

Cercando di non far caso all'incessante dolore nelle mie tempie, mi alzai in piedi e afferrai i miei stivali.

«Dove stai andando?»

Afferrai il mio bicchiere e quel poco che avevo portato, gettandolo di nuovo dentro la mia casacca, ma non riuscii a fare nient'altro. Dagg mi afferrò velocemente.

«Non vai da nessuna parte» ringhiò.

Svein aggrottò la fronte. «Non stai bene. Vuoi dirci perché?»

Io scossi la testa. Il mio corpo era scosso dai brividi. Come aveva fatto il Re dei Morti a trovarmi? I miei compagni avrebbero dovuto tenere le mie visioni lontane.

«Per favore» disse ancora Svein, inginocchiandosi di fronte a me. «Dicci ciò di cui hai paura. Condivideremo il peso con te.»

Spinsi con forza il palmo della mano contro la mia bocca. Sentivo ancora la magia dello stregone, stretta intorno alle mie labbra per impedirmi di urlare; quelle stesse urla restarono dentro la mia gola, togliendomi il respiro.

«C'è qualcosa che non va» disse Dagg, la voce bassa. Un ringhio gutturale fece vibrare il suo petto.

«Fern» mi richiamò Svein. «Se ci dici cosa c'è che non va, noi ti aiuteremo. Qualcosa ti ha spaventata?»

Dagg si alzò all'improvviso, e prese a marciare all'interno della caverna, fermandosi soltanto per alzare il viso verso l'alto. «Lo senti?»

Era puzza di marcio o cosa? Le mie visioni erano riuscite, alla fine, a chiamare qui lo stregone? Era arrivato?

Era questa la mia reale paura: che le mie visioni si trasformassero in realtà.

I tremori si fecero più violenti, e Svein mi strinse attorno ad una pelliccia.

«È stato un sogno? Come quelli che avevi prima, quando ti abbiamo presa dall'abbazia?»

«Avreste dovuto fermarli» scattai io, il respiro corto a causa del dolore nel mio petto. «Avreste dovuto tenermi al sicuro.»

«Ti abbiamo deluso un'altra volta, piccolina.» Mi spinse tra le sue braccia, ma io mi liberai.

«No, devo andare via. Le visioni continueranno a tornare fino a quando non diventeranno reali.» Era tutta colpa mia; ero io che facevo quei sogni, e attraverso me si facevano solidi, reali. Continuava ad accadere, ancora e ancora. Avevo

141

previsto la distruzione dell'abbazia, la cattura delle mie sorelle. Il Re dei Morti che arrivava per combattere contro i Berserker. Era accaduto tutto quanto, ed io non ero riuscita a fare nulla per poterlo fermare.

Dovevo andare via. Non ero nient'altro che un pericolo per chiunque amassi.

«Lasciaci combattere per te. Permettici di tenerti al sicuro.»

«No», singhiozzai. «Non posso. Lui verrà a prendermi, e non c'è niente che possa fare per fermarlo.»

«Chi? Chi verrà a prenderti?»

«Il Re dei Morti» ringhiò Dagg. Aveva smesso di marciare lungo la caverna; si era fatto rigido. Con un enorme ringhio, allungò la testa indietro. Il suo viso prese a mutare, le ossa a rompersi con la Trasformazione.

«Dagg!» urlò Svein. «Non qui! Corri!»

Il mostro dal pelo scuro corse fuori, e ringhiò.

FERN

Seduta di fronte al focolare, mi sentivo stanca e affranta. Svein era andato via da un po' per cercare Dagg dopo la sua perdita di controllo. Mi aveva fatto promettere di restare ferma, e aveva pure preso i miei stivali per assicurarsene. Non mi mossi neanche; ero troppo stanca e svuotata per riuscire a scappare.

Le visioni, alla fine, mi avevano trovata anche lì. I miei compagni non avevano potuto fare nulla per fermarle. Non avrebbero fatto altro che diventare sempre più brutte; poi sarebbero arrivate le convulsioni. Sarebbe stato meglio pregare adesso chiunque per essere abbattuta; per colpa mia, sarebbero successe delle cose terribili. Sapevo come si sentiva Dagg, così vicino a perdere la testa.

La caverna venne riempita dopo un po' del rumore di passi, accompagnati dall'odore di pini e pelliccia. I guerrieri erano tornati, e stavano sbattendo forte i piedi sul terreno, come a rendere chiara la loro presenza, come per assicurarsi che li avessi sentiti. Due paia di stivali si materializzarono ad entrambi i miei lati, ma io non alzai comunque lo sguardo. Dagg doveva stare meglio, per essere tornato. Se fossi stata

143

anche solo un po' fortunata, allora forse non mi avrebbe odiato per aver fatto tornare la pazzia nella sua testa e avergli quasi fatto perdere la ragione.

Avrebbero dovuto mandarmi via. Quando sarebbe arrivata la prossima visione, la pazzia avrebbe potuto prendere Dagg per sempre. Forse sarebbe stato meglio se le suore mi avessero bruciata come strega tanto tempo fa, piuttosto che restare lì a portare dolore alle persone che amavo. Sarebbero riusciti a trovare un'altra profetessa da reclamare come compagna.

Ma il dolore che mi portò quel solo pensiero mi costrinse a piegarmi in due.

Svein poggiò i miei stivali accanto al letto. «Abbiamo deciso: ci parlerai delle visioni che hai, e lo farai adesso» disse, la voce dura. Sembrava arrabbiato.

Le mie spalle persero tutta la loro forza. *Non parlare. Non parlare.* La testa bruciava maledettamente.

«Fern.» Mani gentili si poggiarono sulla mia testa, allontanando, in qualche modo, il dolore che provavo. «Obbedisci.»

Quale sarebbe stata la differenza, in ogni caso, se ero comunque destinata a morire?

«Vedo il Re dei Morti, solo che nelle mie visioni è fatto di nebbia e ossa. Ci sono spesso altre donne—fantasmi, sembrano—che cercano di guidarmi nella giusta direzione. Al collo porto sempre un gioiello, che devo tenere al sicuro.»

«Brava bambina», mormorò Svein, e il dolore pulsante nella mia testa venne meno.

«Il Re dei Morti vuole quel gioiello. Non so perché; so solo che lo vuole maledettamente. Nessuno ce l'ha, però.» Restai un attimo in silenzio, cercando di ricordare il mio ultimo sogno. «Si è perso. Nascosto, da qualche parte.» L'immagine sembrò accecarmi per un attimo, ma dopo aver sbattuto le palpebre, riuscii a trovare la risposta. «Nascosto sul fondo di un lago.»

Ci fu un momento di lungo silenzio. Aspettai, quasi convinta ormai che i guerrieri mi avrebbero condannata a morte, e avrebbero preso la mia testa come premio. Oppure mi avrebbero semplicemente lasciata fuori dalla caverna, al freddo e al gelo e in mezzo alla fauna a me sconosciuta, per morire. Non ci sarebbe voluta più di qualche ora perché succedesse. Sarebbe stata una morte veloce.

«Cos'è questa pietra?» chiese Svein piano, quasi come stesse parlando a se stesso.

«È bianca, con un po' di blu. A volte si illumina» risposi io.

Dagg ringhiò, e Svein gli diede un colpo sul petto. Il suono si fermò immediatamente.

«Il branco deve venirne a conoscenza» disse Svein. «E in fretta. Dobbiamo mandare un messaggio.»

«Ma se lo farete, vi troveranno» dissi io, tremante.

«Forse. Forse no. Forse, se ci trovano, riusciranno a vedere quanto la nostra compagnia sia riuscita a riportarci indietro. Forse vedranno il modo in cui ci hai salvati.»

«Non vi ho salvati. Ho portato il Malvagio nella vostra nebbia.»

«Adesso basta. Non è stata colpa tua, Fern. E noi sappiamo come scacciare via il Re dei Morti.»

Alzai di scatto la testa. «Come?»

«Con il nostro marchio. Ti reclameremo come nostra.»

Dagg si inginocchiò di fronte a me. I suoi occhi erano dorati, la sua barba troppo folta, ma era un uomo, dalla testa ai piedi, e incredibilmente lucido. Dita ruvide mi accarezzarono le guance, scacciando via le mie lacrime. «Tu appartieni a noi.»

Io scossi la testa con tristezza.

«Una volta ci hai pregati di marchiarti.»

Prima. In quel momento, non potevo più sopportare l'idea di condividere quegli incubi con loro. Avrebbero dovuto cacciarmi via come aveva fatto la mia famiglia.

Mi coprii il viso, e scoppiai a piangere.

«Basta» disse Dagg, prendendomi di peso per poggiarmi sul suo grembo. Mi tenne stretta a sé per tanto tempo, accarezzando la mia schiena, facendomi calmare. Svein mi portò una tazza di tè, e poi un po' di brodo. Dagg mi diede da mangiare.

Mentre io mangiavo, i due presero a conversare senza neanche bisogno delle parole. Quello era il famoso legame fraterno che avevo così tanto sperato tornasse; il fatto che anche io riuscissi a sentire le loro voci dentro la mia testa non poteva voler dire altro che il legame di accoppiamento era ormai quasi completo. L'unica cosa che restava da fare per sigillarlo e renderlo ufficiale era il marchio d'accoppiamento.

Dobbiamo reclamarla. Se il Re dei Morti resta dentro la sua testa, noi dobbiamo fare qualsiasi cosa in nostro potere per difenderla. Entrambi. Se io dovessi morire—

Non te lo permetterò, fratello. Se cadiamo, cadiamo insieme. Insieme saremo più forti, promise Svein.

Forse, se mostriamo loro quanto siamo cambiati, gli Alpha potrebbero decidere di aiutarci.

E se invece decidono di non farlo? Che facciamo se il branco prova a prenderla da noi?

Dagg digrignò i denti. *In quel caso, combattiamo.*

Dopo cena, Svein si occupò di lavare il mio viso e le mie mani con una delicatezza che non aveva mai utilizzato prima, sebbene non fosse mai stato rude. Una volta finito, prese le mie guance tra le mani e restò a studiarmi per un po'.

«Tu appartieni a noi, piccola rossa» mormorò piano, come fosse un segreto tra me e lui. «Non ti lasceremo mai andare.»

Io mi alzai un po'. «È troppo tardi, ormai» dissi, stanca. «Lasciate che vada via. Lui arriverà, mi troverà, e così io lo avrò portato da voi e dagli altri. È questo, quello che vuole. Ha bisogno di una sposa che possa rinvigorire il suo potere.» Più parlavo, più mi rendevo conto di quanto vere fossero le mie parole. Il mio istinto di scappare via dalla montagna, dai Berserker, avrebbe tenuto salve le mie amiche e i loro compagni. Non avrei mai permesso al Re dei Morti di rendermi così debole da finire con il fare il suo gioco sporco.

Svein scostò i miei capelli dal mio collo, e portò le dita dietro la mia testa. Un solo movimento, e avrebbe potuto spezzarmi il collo. Chiusi gli occhi. Forse avrei dovuto pregarlo di farlo.

«No. Qui sei al sicuro sempre. Ti difenderemo con le nostre stesse vite.»

«Tu appartieni a noi, piccolina» mormorò Dagg dietro di me. Le sue mani larghe presero a scivolare lungo le mie gambe, delineandone le linee da sopra la mia veste. «Il tuo corpo è nostro.» Anche nel tumulto che avevo all'interno del mio cuore, il mio corpo comunque rispose. «E lui riconosce i suoi padroni.»

Svein cominciò a prendermi, ed io provai a scappare via dalla sua presa, ma era come una foglia che prova a scappare via dal vento.

«Non farti del male» dissero i guerrieri mentre mi spogliavano completamente, poggiandomi poi di nuovo sopra le coperte. Dagg si coricò dietro di me, portandomi sul suo corpo, coprendomi con la sua forza. Per un po' restammo semplicemente fermi così, il suo calore a riempirmi. Dagg giocò con i miei capelli, accarezzandoli da dietro il mio collo, fino a quando non mi abituai a quel movimento.

Il suo respiro caldo accarezzò la pelle vulnerabile alla base del mio collo. «Stanotte ti mostreremo esattamente quanto il tuo corpo appartenga a noi.»

Io lasciai andare un sospiro. Il desiderio prese a pulsare dentro di me nonostante tutto.

Le sue dita scivolarono sul davanti, trovando i miei seni e prendendo a giocare con i miei capezzoli, uno per volta. «Ci hai riportati indietro; ci hai ridato la nostra lucidità. Adesso ti reclameremo. E il cerchio sarà finalmente completo.»

Qualche bacio su quel punto sensibile, ed io mi ritrovai ad essere così incredibilmente rilassata da non riuscire neanche più a protestare quando Dagg, infine, si alzò, lasciando Svein a posizionarmi sulla mia schiena.

«Voglio fidarmi di te e pensare che non ti muoverai da questa posizione.»

Io scossi la testa, pronta.

«Se lo fai, sarò costretto a legarti.»

Una scossa mi pervase il corpo. Svein si sporse per baciarmi, lasciando una scia di baci lungo il mio corpo. Si posizionò poi in mezzo alle mie gambe, mordicchiando l'interno di una coscia, poi quello dell'altra, stringendo i miei fianchi tra le mani quando presi a muovermi. Mi leccò, stuzzicandomi, e poi mi girò completamente, ed io finii con lo stomaco sulle pellicce. Le sue labbra trovarono la linea della mia spina dorsale, e presero a tracciarla, lasciando baci languidi e caldi al loro passaggio. Il mio fondoschiena prese a muoversi contro di lui, alzandosi e strusciando contro il suo membro duro. Le sue mani tornarono sui miei fianchi, stringendoli con forza, facendo scivolare la sua lingua oltre le mie natiche per affondare in mezzo.

«Cosa—?» sussultai io, provando a scappare via dal suo tocco.

La sua mano forte si scontrò con forza contro la mia natica. Svein continuò a punirmi, portando le sue mani con forza su una natica e poi sull'altra, tingendo le mie guance di rosso fino a quando il bruciore non mi fece abbassare la testa, imbarazzata.

«Ti sottometterai a me?»

«Sì», urlai.

Lui prese ad esplorare in mezzo alle mie gambe. «Bagnata» annunciò, soddisfatto.

Dagg ridacchiò. «Si può a malapena chiamare punizione, questa.»

«Così dolce. Il tuo corpo sa esattamente a chi appartiene.» Svein divaricò allora le mie natiche, e portò la sua lingua in mezzo ad esse.

«Oh, no» gemetti io mentre la sua lingua girava in cerchio intorno alla mia seconda entrata. Era imbarazzante, quanto bello fosse.

«Lo ami; stai gocciolando» disse, quasi stupefatto. L'altra mano prese ad accarezzare le mie labbra inferiori mentre le sue labbra saccheggiavano il mio buco. Si fermò soltanto per lasciare un piccolo morso sulla mia natica sinistra. «Mi piacciono così, rosse. Ogni volta che disobbedirai, trarrò molto piacere nel punirti.»

«Sì, anche lei» mormorò Dagg. Le sue mani presero a muoversi lungo i miei seni, piano, ma abbastanza da farmi desiderare di averne di più.

«Per favore», respirai.

«Cos'è che vuoi, piccola rossa?» chiese Svein, malizia nel suo tono.

Alzai il mio sedere, le guance rosse di vergogna mentre, in silenzio, li pregavo di prendermi.

«E se decidessi di prenderti proprio qui?» Un suo dito spesso prese a spingere contro la mia seconda entrata. Io spinsi il viso contro le pellicce, gemendo.

«Così dolce e obbediente. Ti farò venire con la mia bocca nella tua dolce figa e le mie dita dentro il tuo culo.»

«*Oh...*»

«Pregami di farlo.»

«Per—per favore… fammi venire…»

La sua mano lasciò uno schiaffo leggero sulla mia natica pulsante e calda. «Come?»

«Con la tua bocca... sulla mia figa...»

«E...?»

«E le tue dita dentro il mio culo» sussurrai, sentendo le guance andare a fuoco.

«Brava bambina. Girati. Ti darò esattamente quello di cui hai bisogno.»

Mi venne risparmiata la vista della bocca maliziosa di Svein e delle sue dita da Dagg, che si sporse per reclamare la mia bocca. Aspettò fino a quando non spalancai la bocca dal piacere, per afferrare il suo membro e poggiarlo sulle mie labbra.

«È il tuo turno, di darci piacere» mormorò, spingendosi lentamente dentro la mia bocca mentre io gemevo. Svein continuò a toccarmi mentre io succhiavo il membro di Dagg; le mie pareti interne si strinsero intorno alle sue dita.

«Mh, avida» mormorò Svein, portando via la sua mano. Un secondo dopo, portò il suo membro sulla mia entrata bagnata. «Ti darò ciò che vuoi.»

Per quanto fossero grandi, i miei due guerrieri erano estremamente gentili. Dagg tenne le dita leggere e delicate sulle mie guance, guidando il mio viso come piaceva a lui senza però farmi male. Mi sarei sentita in imbarazzo per il modo in cui lo stavo servendo, ma con le spinte di Svein a promettermi di farmi vedere le stelle, ero incredibilmente impaziente e pronta a fare tutto ciò che volevano.

Troppo presto, Dagg liberò la mia bocca dal suo membro, duro e lungo.

«Cosa—» cominciai, ma improvvisamente i miei due guerrieri mi portarono in mezzo a loro. Svein mi portò su di lui, riempiendomi ancora di più. Dagg si spinse contro la mia schiena, giocando con i miei capelli.

«Il marchio d'accoppiamento» respirò sul mio collo, ed io sentii i brividi scendere lungo il mio corpo.

«Non sono—»

Svein spinse i fianchi contro di me, penetrandomi con più forza, ed io non riuscii più a parlare.

Due paia di canini identici si poggiarono sulle mie spalle vulnerabili. Svein si posizionò meglio, scacciando via i miei capelli. I suoi fianchi continuavano a muoversi, le sue dita sui miei fianchi a muovere il mio corpo, come fossi io a cavalcarlo. Le dita di Dagg si spinsero sulla mia pelle, proprio sopra quelle di Svein, e, con le loro dita a stringermi con forza, sentii i loro denti conficcarsi dentro la mia carne.

Il dolore durò nient'altro che un secondo; il secondo dopo, mi sentii come precipitare in un oceano di piacere. Il mio respiro venne meno, il mio corpo si tese come una corda di violino. Il piacere fu troppo per Svein, che venne immediatamente, dentro di me.

Svein mi fece piegare, lasciando a Dagg pieno accesso alla mia schiena; quest'ultimo prese a lavorare con il suo membro, spruzzando il suo seme sopra il mio corpo e spargendolo dovunque, portandolo con la sua punta fino alla mia seconda entrata.

«Un giorno, ti prenderemo anche qui», mi promise.

Io mi sentivo completamente senza forze, accasciata contro Svein, alla ricerca del mio respiro. Il marchio sulle mie spalle bruciava, ma la pelle era già guarita. Quattro piccoli buchi erano l'unica prova che il marchio era stato lasciato.

Sarà prova abbastanza per cacciare via ogni Berserker che proverà a prenderti. E il Re dei Morti, qualora dovesse essere sciocco abbastanza da provare a prendere ciò che non gli appartiene.

Sbattei le palpebre, guardando Dagg, realizzando che aveva appena sentito i miei pensieri.

151

*Sì, piccolina, proprio così. Siamo uniti, adesso. Svein ed io ci assicureremo che niente, **niente**, si metta tra noi tre.*

Non sarei mai più stata da sola; non mi sarei mai più svegliata da un brutto sogno senza nessuno al mio fianco a confortarmi. I miei compagni avrebbero sopportato il peso del mio fardello insieme a me.

Non c'era più modo di fermare la cosa. E, ora, l'unica cosa che mi restava da fare era attendere che la mia prossima visione si facesse avanti.

DAGG

*U*n uomo che riesce a sfuggire alla morte impara a non prendere neanche un attimo della sua vita per scontato. Quando mi svegliai accanto alla mia compagna, i suoi capelli rossi sparsi intorno al mio petto, decisi di non avere alcun motivo di alzarmi così presto. Il fuoco aveva bisogno di essere ravvivato, certo; io e Svein avremmo dovuto andare a caccia presto, assolutamente; ma nessuno dei due aveva alcuna voglia di svegliare Fern, o di lasciarla da sola su quel letto. Dormiva profondamente, come fosse sopravvissuta ad una lunga battaglia. Il che, in qualche modo, era vero. Presi ad accarezzare i suoi capelli soffici, godendomi il momento. Dopotutto, era il minimo che potessi fare, lasciarla riposare.

E poi, il mio membro era così duro che il minimo tocco contro il suo corpo, necessario se avessi deciso di alzarmi, mi avrebbe fatto venire immediatamente come un ragazzino con gli ormoni a mille.

Dall'altra parte della nostra compagna, Svein ridacchiò. *Vai pure, Dagg. Quando si sveglia, ci penserò io a darle piacere. Sono uomo abbastanza da saper aspettare.*

Afferrando una coperta, la spinsi con forza per colpire Svein in faccia senza toccare Fern. Lui non fece altro che ridere più forte.

Stai zitto, babbeo. Sei rumoroso come un orso che resta incastrato in un cespuglio.

E quindi cosa sono?, mi prese in giro Svein. *Un babbeo, oppure un lupo?*

Sei inutile come un'accetta senza bastone.

Veramente, quelle possono essere parecchio utili. Mi ricordo, una volta, in questa battaglia—

In mezzo a noi, la nostra compagna si mosse nel sonno. Entrambi ci allarmammo immediatamente, ma dopo un attimo lei tornò calma. Si sporse ancora di più contro il mio corpo, il suo respiro di nuovo normale e pesante.

Gli Alpha devono sapere che cosa è. Dobbiamo dirglielo.

Lo so, dissi, portando le dita tra i suoi capelli rossi. *È una volva. Una veggente.*

Non riesco a credere che non ce ne siamo resi conto durante quel suo primo sogno. Ti ricordi, quando eravamo nella nebbia?

Deve dire al branco di queste sue visioni. Potrebbero celare la soluzione per sconfiggere il Re dei Morti. Potrebbe riuscire a salvarci.

Non noi; se noi torniamo sulla montagna, i nostri guerrieri Berserker potrebbero ucciderci, e portarci via Fern.

La Bestia dentro di me mi dice che dobbiamo combattere per evitare che questo succeda, ma... con l'intero branco contro di noi, di certo non riusciremmo a sopravvivere.

Fern, però, non può restare qui. Non è destinata a vivere dentro una caverna; non è giusto.

Imprecai tra me e me, ma in fondo sapevo che Svein avesse ragione.

La riporteremo al branco; oggi stesso. La pelliccia scivolò via da una delle sue spalle bianche, ed io la coprì nuovamente, per quanto straziante fosse farlo. Durante l'estate, le avrei impedito di indossare qualsiasi cosa. L'avrei fatta restare completamente nuda per poterla guardare tutto il tempo, per poter vedere quanto bella fosse ogni singolo attimo della giornata.

Se fossi riuscito a sopravvivere fino all'estate.

Quando si sveglia, la legheremo e la lasceremo il più vicino possibile alla montagna, in uno dei posti in cui fanno la guardia. E, forse, abbiamo ancora qualche amico all'interno del branco che vorrà mettere una buona parola per noi.

Il rumore di un ramo spezzato fece scattare entrambe le nostre teste verso l'entrata della montagna. Anche dall'interno, riuscimmo a sentire i pochi uccellini che sopportavano l'inverno e restavano solitamente appollaiati sui rami vicini scappare via. Qualcuno si stava avvicinando alla caverna.

«Oppure verranno direttamente loro da noi» disse Svein, imprecando.

«Occupati della nostra compagna» dissi io, alzandomi proprio mentre un Berserker mi chiamava.

«Dagg il Nero. Vieni fuori, e mostrati.»

Io mi alzai, lasciando dentro la caverna la mia ascia, non portando con me alcuna arma.

«Vieni fuori se hai onore.»

«Io *ho* onore» rispose io, spuntando fuori dalla caverna.

Una freccia si alzò immediatamente in aria, conficcandosi sulla mia spalla destra. Io gemetti. Bruciava, ma non aveva colpito nulla di particolarmente pericoloso. Non che avesse alcuna importanza; la mia capacità di guarire da Berserker era tornata indietro. Era stata la mia compagna a riportarla a me.

Proprio mentre tiravo fuori la freccia dalla mia spalla, il leader del gruppo—un guerriero forte chiamato Knut—si girò e afferrò l'arco dalle mani del guerriero vicino che mi aveva attaccato. «Stupido idiota, perché lo hai attaccato? Non è una minaccia!»

«Non fa niente» dissi io, mostrando loro che potevo essere calmo. «Non biasimo Grimr per essere impaurito. E poi, sappiamo tutti che ha sempre fatto pena con la mira.»

Il gruppo ridacchiò, alcuni nervosi.

«Dunque, Dagg.» Knut mi piantò sul posto con uno sguardo duro. «Sembri stare bene.»

«Abbastanza bene.»

«Siamo venuti qui perché avete preso dimora in un posto troppo vicino alla montagna; gli Alpha vorrebbero che vi spostaste.»

Io scrollai le spalle. «Non ho problemi ad andare, e Svein neanche. È solo che…» Sussulti improvvisi mi fecero capire che Svein era apparso dietro di me, portando Fern tra le sue braccia. «La nostra compagna è particolarmente suscettibile al freddo. E lei preferisce stare più vicina alle sue amiche. Sono certo che capirai.»

«Adesso ci consegnerete la donna» disse Knut, il suo tono diverso. Più duro; pericoloso.

«No», rispose Fern, soffice. «Non andrò da nessuna parte. Diglielo, Svein.»

«È la nostra compagna» dichiarai io.

«*Bugie!*» urlò l'uomo che mi aveva attaccato. Grimr. Non era riuscito a trovare una donna nel nostro attacco all'abbazia, e così i suoi occhi erano su tutte quante, soprattutto le nostre compagne. Io lo ignorai, e così fecero tutti quanti.

«Questo non è un posto adatto per una compagna» disse Knut. Avrebbe provato in tutti i modi a fare ciò che gli era stato ordinato di fare. Era un bravo guerriero, e un brav'uomo.

«Sono d'accordo. Eravamo arrabbiati, all'inizio, quando l'abbiamo vista arrivare dalla montagna per stare con noi.»

«È venuta da noi durante una tormenta, Knut» aggiunse

Svein. «Speravamo che il branco si prendesse cura di lei in maniera migliore.»

Un guerriero, alto e dalla pelle abbronzata, si fece avanti. «Era controllata e trattata bene. È stata lei a scappare via durante la tempesta, e le sue amiche hanno tenuto la sua fuga un segreto. Fern, vieni da me. Le tue amiche sono preoccupate per te.»

«Non vado da nessuna parte» disse lei, stringendosi più forte a Svein. «Sono esattamente dove dovrei essere.»

Knut sospirò. «Non voglio dover ricorrere alla violenza.»

«Neanche noi vogliamo combattere. La nostra compagna è delicata; non appartiene ad un posto violento.»

«Ma non avete alcuna intenzione di lasciarla andare.»

Svein ed io ci scambiammo uno sguardo. Avevamo una decisione da prendere. Una che avrebbe potuto portare alla nostra morte.

Ma la vita di Fern era molto più importante.

«Portateci dagli Alpha» dissi allora. «Lasciate che siano loro a scegliere.»

DAGG

*E*ravamo ormai quasi a metà strada dalla montagna, quando successe. Un rumore si alzò in Cielo, come qualcuno che stava soffocando. Io mi girai di scatto, trovando tre lance dritte contro il mio petto. Avevano dato a Svein la possibilità di portare Fern tra le braccia, ma eravamo completamente circondati.

«Cosa sta succedendo?» chiesi io al mio guerriero fratello.

La nostra compagna si era fatta pesante e aveva perso i sensi tra le sue braccia. Gli occhi rivolti indietro, non era rimasto che il bianco sotto le sue palpebre. Il suo intero corpo era preso dalle convulsioni.

Non potevamo fare altro che guardare mentre la sua visione la prendeva.

Svein la strinse forte contro il suo petto.

«Portateli via da lei! Le stanno facendo del male!»

«Fermatevi» ringhiò il guerriero di nome Jarl. Si spinse tra i guerrieri per avvicinarsi. «Una delle profetesse ha detto che spesso Fern cade in queste trance. Succedeva anche prima che le portassimo via dall'abbazia.»

«Che strana cosa è questa?» ringhiò Knut. Io provai a frappormi tra lui e la nostra compagna, sentendo la minaccia chiara nella sua voce. Semplici guerrieri non si fidavano di nulla di strano; i lupi naturali, quelli senza magia, solevano abbattere un lupo quando sembrava impazzire, senza pensarci due volte.

Armi si posizionarono contro di me prima ancora che potessi fare un passo.

«Non è una cosa strana» disse Svein. «Non toccatela.»

«Presto!» urlai io, bloccato sul posto con le mani in alto, a mostrare che non intendevo fare del male a nessuno. «Dobbiamo portarla da una strega!»

«Sulla montagna!» ordinarono i guerrieri. Io ringhiai frustrato, sentendo le punte delle lance pizzicarmi la pelle.

«C'è una strega lì. Una compagna dei nostri Alpha» mi disse subito Knut.

«Come facciamo a sapere che non sono stati loro a farle questo?» mormorò Grimr, ma quando noi cominciammo a marciare in fretta lungo la montagna, lui restò indietro. Gli amici di Knut, Leif, Rolf e Thorbjorn, erano intorno a Svein.

Io li seguii, digrignando i denti. La mia compagna era nel bel mezzo di una visione, ed io non potevo aiutarla. Il vento prese a soffiare, portando con sé il puzzo dei morti. Odiavo il modo in cui lo stregone riusciva ad arrivare alla mia compagna.

In pochissimo tempo arrivammo sullo spiazzale dei Berserker, dove gli Alpha erano già riuniti. Samuel era seduto sul suo trono, la sua compagna accanto a lui su una roccia più piccola, la sua mano stretta tra la sua. Il resto degli Alpha era in piedi lì vicino. Il giudice, la giuria e i boia, tutti insieme, già pronti.

Svein si fermò al centro del cerchio, inginocchiandosi con Fern ancora stretta tra le sue braccia. Provai a spingermi verso di loro, per aiutarlo a sistemarla, per tenere la sua testa, fino a quando qualcuno non disse, «Basta.»

Io ringhiai, e un'ascia si poggiò immediatamente sulla mia gola. Fu in quel momento che Fern aprì gli occhi.

«Dagg» sussurrò.

«Va tutto bene» le dissi io, la voce dura. «Siamo nella montagna. Hai avuto una visione. Gli Alpha ti chiederanno cosa hai Visto.»

Il suo viso si fece pallido come un lenzuolo.

«Non sei costretta a dire nulla, piccolina» dissi, facendo attenzione a come parlavo, con l'ascia ancora ferma sulla mia gola. «Ma se lo fai, nessuno di farà del male; te lo prometto.»

FERN

*I*l mio peggior incubo si era finalmente avverato: ero caduta in una trance, e mi ero risvegliata nel bel mezzo di una folla. Nessuno parlava, e tutti sembravano intenti a guardarmi.

Gli Alpha erano lì, e così tutti gli altri guerrieri, la morte scritta sulle loro espressioni. Se qualcuno avesse dato l'ordine di uccidere, Dagg e Svein non sarebbero sopravvissuti.

Avrei dovuto parlare. Non avevo altra scelta.

«Parlerò» dissi allora, e nella conca della montagna, la mia voce rimbombò abbastanza da essere sentita da tutti.

Sotto le pellicce che indossavo come mantello, trovai la mano di Svein e la strinsi con forza. La sua espressione non tradiva alcuna tensione, ma ricambiò la mia stretta con la stessa intensità.

«Io sono Fern, una profetessa. Io ho... dei sogni.» Qualcuno si avvicinò all'Alpha, sporgendosi per sussurrare qualcosa al suo orecchio. Forse per spiegargli chi fossi, oppure per parlargli dell'imminente morte dei miei compagni. Dovevo dire qualcosa prima che potessero portarli via da me.

«Il Re dei Morti viene da me, durante la notte. Nei miei

sogni. L'ho incontrato spesso, lì, anche prima di lasciare l'abbazia.»

Mormorii si levarono lungo la montagna, ed uno degli Alpha urlò di fare silenzio.

Così, piccolina. Dì loro tutto quanto. Ti terremo al sicuro.

«C'è stato un tempo in cui quei sogni si sono calmati, acquietati, fatti meno dolorosi—i giorni che ho passato con Dagg e Svein dopo il vostro arrivo all'abbazia. Ma poi il Re dei Morti li ha attaccati, portandoli alla pazzia, e voi li avete cacciati.»

«Hanno attaccato un gruppo dei nostri» disse uno di loro. «Vik ed io eravamo lì.»

Sul suo trono, l'Alpha fece un gesto della mano per farli tacere.

«Quando sono stata separata dai miei compagni», dissi, parlando più forte per sovrastare le voci, «i miei sogni sono tornati. Hanno cominciato a prendermi anche durante il giorno. Chiedete ai miei amici.» Cercai il viso familiare di Jarl tra la folla. «Vi diranno ciò che vi serve sapere, ciò che hanno visto. L'unico modo che avevo per fermare le visioni era tornare dai miei compagni. Così sono scappata, e sono andata da loro.»

Un ringhio basso si levò da uno dei guerrieri che era venuto per Dagg. «Sei andata via dalla montagna. Da sola?»

Non avrei avuto il coraggio di rispondergli, se non avessi avuto Svein al mio fianco.

«Sì», dissi con forza, girandomi verso Jarl senza alcuna paura. «Ho trovato la strada lentamente, da sola. Sono scappata via senza farmi vedere dalle guardie, che erano troppo occupate con la neve. Non avrebbero mai potuto notarmi; non è colpa loro.»

L'Alpha seduto sul trono si sporse in avanti, poggiando i gomiti sulle sue ginocchia e guardandomi. Tutti trattennero il respiro, aspettando una sua parola. Tutti tranne una donna dai capelli scuri, seduta al suo fianco. Mise la sua mano sulla sua gamba. Un solo tocco, e l'Alpha sembrò cambiare idea riguardo ciò che stava per dire. I suoi lineamenti si distesero. «Continua a parlare» disse, ma il suo tono non era per niente scortese.

«Ho trovato Svein... e insieme abbiamo convinto Dagg a tornare, e stare con noi.» Sorrisi, ricordando quei momenti in cui la mia battaglia era così dura, cercando di convincere Svein e Dagg insieme. «I miei compagni sono tornati in forza. La loro Bestia è tornata sotto controllo. Non mi hanno mai fatto del male, e non me ne farebbero mai.»

Qualcuno disse, «Non sta bene di testa, non sa cosa dice.»

Ringhi bassi e pericolosi si levarono tutt'intorno a me. Io mi strinsi forte a Svein.

Calma, piccola rossa. Sono arrabbiati per te, non con te. Gli Alpha ti hanno chiesto di parlare, e nessuno dovrebbe interrompere.

Gli uomini intorno a Dagg avevano abbassato le loro armi. Lui annuì verso di me, dandomi la forza per andare avanti. Così mi alzai, la mano ferma sulla spalla di Svein per tenermi in piedi.

«Ascoltate ciò che ho da dire!» urlai, e l'intero gruppo si fece muto. Mi avrebbero ascoltato, e poi avrebbero deciso se ucciderci o meno.

«Ho avuto un'altra visione, anche accanto ai miei compagni. E ancora una volta, durante la salita sulla montagna.» Il vento si fece più forte mentre parlavo, e sentii i brividi riempirmi le braccia. Non feci altro che parlare più forte. «Il Re dei Morti vuole attaccare! Sta raggruppando le sue truppe, e ci mette alla prova, vuole scoprire i nostri punti deboli. Io ero debole, perché non mi fidavo della mia stessa mente. Avevo bisogno della protezione dei miei compagni. Ma insieme... insieme siamo più forti di qualsiasi altra cosa.»

Poi portai gli occhi dritti su quelli dell'Alpha; me ne fregai delle regole, me ne fregai del buon senso. Mi avrebbe ascoltato, e mi avrebbe ascoltato davvero. «Lo stregone è alla ricerca di una pietra, una pietra di queste dimensioni» dissi, mostrandogli il mio pugno. «È bianca latte, e a volte si illumina, come fosse magica. L'ho Vista, ferma sul fondo di un lago molto profondo. Lo stregone vuole usarla... ma non so in che modo.» Tremai, perdendo l'equilibrio per un attimo, sentendo la forza lasciare il mio corpo. Non avevo tutte le risposte che cercavano, ma di certo avevo fatto la mia parte.

Il vento si era fatto incredibilmente forte, e pioggia fitta come ghiaccio cadde dal Cielo. I Berserker alzarono i loro scudi per proteggersi.

Un urlo si levò sulla montagna. Una donna si alzò, braccia divaricate sopra di noi, e prese a cantare con forza. Il vento sferzava i suoi capelli biondi e la sua veste bianca. I due Alpha accanto a lei portarono le mani sul suo corpo per tenerla ferma.

La tempesta andò via veloce come era arrivata; sul trono, l'Alpha aveva i capelli bagnati, e graffi gli imbrattavano il viso di rosso, ma stavano già guarendo. Si girò a controllare che la sua compagna stesse bene: lei si era riparata grazie all'altro suo compagno. Tutti quanti si alzarono, sistemandosi, ritrovando la compostezza.

«La pietra di cui parla è la pietra di Luna» disse la donna dai capelli biondi. Era stata lei a fermare il vento, perciò doveva essere una sorta di strega. Allora doveva essere Sabine, una delle prime profetesse ad aver trovato dei compagni. Una delle profetesse con grandi poteri. «Le streghe si sono riunite per trovare un modo per sconfiggere lo stregone. La pietra di Luna potrebbe benissimo essere la nostra unica speranza, e pertanto dobbiamo trovarla a tutti i costi. Adesso sappiamo che può essere trovata, e sappiamo dove giace. È già un passo avanti.» I suoi occhi si conficcarono nei miei. «Grazie, Fern. Grazie di cuore.» E così, con un passo incerto, come fosse senza forze, si ritirò, i suoi compagni a tenerla in piedi. Quello più vicino a lei, con i capelli scuri e la pelle piena di tatuaggi, la prese tra le braccia e la portò verso la loro caverna.

«La pietra di Luna» ripeté l'Alpha seduto sul trono.

«Ho sentito che soltanto una profetessa è in grado di trovarla» disse un guerriero dai capelli argentati. «Forse potrebbe essere lei.»

«La nostra compagna non vede altro che immagini. Non è quella che dovrebbe lasciare la montagna, però, forse, più avanti riusciremo a scoprirne di più attraverso le sue Visioni.»

«Sì, il suo è un dono della Dea. Non è pazza» disse il guerriero con un occhio solo. «Ha un dono.»

«Basta così» disse il leader. «Ho sentito abbastanza.» Così si alzò, e la sua compagna si alzò con lui. I suoi occhi, fissi nei miei, erano gentili.

Aspettai, tremante, impaurita per la decisione che stava per essere presa.

«Fern dei Berserker» cominciò. «Hai un posto sacro all'interno di questo branco, in quanto Veggente, e la nostra protezione assoluta. Ogni singolo lupo nel branco ti proteggerà al costo della morte, perché, un giorno, le tue Visioni potrebbero salvarci la vita. Grazie per averci detto tutto. Ci hai fatto un grande onore» aggiunse, in tono più basso, quasi come quell'ultima parte fosse destinata a me e a me soltanto.

Sentii le lacrime pizzicarmi gli occhi.

«Dagg e Svein. Alzatevi per il vostro giudizio.»

I miei compagni si alzarono, ed io allungai le mani per prendere le loro. Qualsiasi sarebbe stato il loro giudizio, lo avremmo affrontato insieme. Se fossero stati cacciati, io sarei andata con loro; se avessero provato a tenermi lì, io sarei scappata. Avrei trovato un modo. Il mio destino aveva due strade: quella da Veggente, e quella da compagna di questi due uomini, e loro soltanto. Sarei rimasta con il branco soltanto se loro sarebbero rimasti con me.

Va tutto bene, Fern, disse Dagg, stringendomi la mano.

«Avete combattuto a lungo e con valore, per questo branco. Adesso è in arrivo un'altra battaglia—la più dura che abbiamo mai dovuto combattere. Ma voi avete un ruolo speciale:», disse, puntando il dito verso di me. «la Dea ci ha benedetto con una Veggente. Un tesoro, di certo. Voi sarete i suoi guardiani. Tenetela al sicuro, questo è il vostro compito sopra qualsiasi altro.»

«Con la nostra stessa vita, Alpha. Lo promettiamo» dissero entrambi all'unisono, i pugni contro il cuore. Poi si girarono, pronti a portarmi via. Io mi afferrai alle loro spalle per non cadere, sorpresa e sollievo a bagnarmi da capo a piedi.

I guerrieri intorno a noi presero ad urlare—alcuni di felicità, alcuni di rabbia. Alcuni non vedevano l'ora di combattere contro il Re dei Morti; alcuni volevano uccidere i miei compagni. Gli Alpha erano in piedi, e cercavano di riportare ordine tra le righe.

Dagg e Svein, però, continuarono a camminare come se nulla stesse accadendo alle nostre spalle. Alcuni dei guerrieri che ci avevamo portati lì restarono al nostro fianco, proteggendoci.

«Da questa parte» disse uno, facendoci cenno verso un passaggio nella montagna. Il gruppo prese a correre, ed io mi strinsi forte a Dagg.

«Dove mi portate?»

«Vedrai.»

«E che ne è della caverna? Le nostre cose...»

«Manderemo qualcuno a prenderle. Vuoi stare lì per sempre, oppure vuoi vedere la casa che abbiamo costruito per la te?»

Io sussultai tra le braccia di Dagg. «Cosa?»

«Non ti ricordi? Il nostro primo giorno insieme, ti abbiamo detto che abbiamo costruito una casa per la nostra compagna. Lo abbiamo fatto prima di venirti a prendere.»

Sorpresa, mi strinsi forte ai miei guerrieri che correvano lungo la strada. Sembravano calmi, felici, e parlavano e chiacchieravano mentre trovavano la strada lungo la neve. Mi sembrò quasi di essere finalmente arrivata alla fine, di nuovo tra le braccia dei miei guerrieri, di nuovo di corsa mentre loro mi portavano in salvo, diretti verso la mia nuova casa.

«Eccoci» disse Svein, indicando una piccola casa con un camino che sembrava schizzare fuori dalla neve. Il fumo usciva fuori in ciuffi dal tetto.

«Nel momento stesso in cui gli Alpha hanno dato la loro benedizione, abbiamo ordinato di preparare la casa» disse uno dei guerrieri quando vide le nostre fronti aggrottate.

«Mh, è parecchio in alto. Sarà una faticaccia arrivarci» osservò un altro. «Perché costruire una casa su un pizzo così alto?»

«Privacy» rispose Svein, scoccandomi un sorrisetto malizioso che mi fece diventare rossa da capo a piedi.

I guerrieri tornarono silenziosi, concentrandosi sulla strada. Trovai piccoli segni che potessero sempre ricordarmi come ritrovare la strada di casa—un albero piegato lì, un grosso masso qui, tanti piccoli indizi da stampare nella mia mente mentre i miei compagni mi portavano a casa.

La casa era stata costruita vicino alla montagna, con un tetto che sembra uscire proprio da essa. Passi freschi fermi sulla neve portavano verso la porta di casa, e più ci avvicinavamo, più riuscii a distinguere la figura di una donna dai capelli scuri, ferma fuori casa e intenta ad aspettarci.

«Fern!» urlò Laurel. Era coperta da un lungo mantello, le guance calde e rosee sotto la pelliccia. I suoi due compagni spuntarono dietro di lei, salutando i guerrieri.

Dagg mi portò di nuovo sui miei due piedi proprio quando Laurel scattò verso di me, gettandomi le braccia al collo.

«Sono così felice di rivederti! Eravamo tutte così preoccupate…» Si allontanò un attimo. «Lascia che ti guardi. Stai bene?»

«Molto bene.»

Lei mi strinse un'altra volta. «Sono così felice.» La sua bocca mi sfiorò l'orecchio, e quando parlò nuovamente, la sua voce non era altro che un sussurro appena udibile. «Vi abbiamo lasciato del pane per te, quel giorno. I miei compagni avevano fiutato le tue tracce, e subito avevano capito cosa stessi facendo. Approvavano, e così anch'io.»

«Grazie» sussurrai di rimando. Allora era stata lei a lasciare il pane e la torta di miele.

«Devi essere stanca. È meglio se andiamo via, adesso. Siamo venuti soltanto per lasciarvi un regalo di bentornato.»

E così mi spinse dolcemente all'interno della casa. Il posto odorava di legna nuova e di fumo. Qualcuno aveva acceso il fuoco dentro il camino. I guerrieri che erano venuti con noi presero ad entrare e uscire, portando ad ogni viaggio della legna tra le braccia, e accatastandola vicino al camino.

«Qui», disse Laurel, mostrandomi un cesto coperto da un panno, «ho lasciato pane dolce e arrosto. Dovrebbe essere abbastanza per voi, fino a quando i tuoi compagni non vanno a caccia di nuovo.»

«Grazie» risposi, cercando di inghiottire il nodo che avevo in gola.

Laurel mi abbracciò un'altra volta, poi andò via insieme ai suoi compagni, stringendo le loro mani mentre loro la aiutavano a farsi strada lungo la neve.

«Gli Alpha vorranno certamente parlare con la nostra Veggente un'altra volta» disse Knut ai miei compagni. «E anche le streghe, temo. Vogliono trovare la pietra di Luna il prima possibile, così che possiamo essere pronti all'attacco del Re dei Morti. Non abbiamo che fino alla primavera.»

«Dopo», disse Dagg. «Quando la nostra compagna avrà riposato.»

Scoccando gli ultimi sorrisetti e le ultime pacche sulle spalle, Knut e il resto dei guerrieri andarono via.

«Allora, Fern?» disse Svein, fermo in mezzo alla casa, un piede tirato su sulla pietra attorno al camino. Il fumo saliva su lungo il camino, uscendo dal buco sul tetto. «Che cosa te ne pare della nostra nuova casa?»

Io mi limitai ad annuire, le lacrime a pizzicarmi gli occhi. Lacrime di felicità.

«Oh no» commentò Svein, la voce leggera. Estremamente felice. «Ha perso la voce un'altra volta.»

«Va tutto bene» disse Dagg con voce burbera, e quando mi girai a guardarlo, vidi i suoi occhi lucidi come i miei. Eravamo tutti sopraffatti dalla cosa. «La aiuteremo a trovarla di nuovo.»

C'era un letto nel retro della casa, già pieno di pellicce. Dagg mi prese e mi portò lì, poggiandomi con delicatezza, le sue mani immediatamente sulle mie guance.

«Ce l'hai fatta. Hai parlato, forte e chiaro.»

Deglutendo con forza, io annuii.

«E lo farai ancora. Staremo sempre al tuo fianco quando gli Alpha ti chiameranno per il consulto.»

«La nostra compagna... la Veggente del branco» sussurrò Dagg, guardandomi negli occhi con estremo orgoglio. Mi sentii il cuore esplodere dentro il petto. Le sue labbra mi lasciarono un bacio sulla fronte, la sua barba a solleticarmi la pelle.

«Hai avuto paura?»

«Sì», risposi, provando a ricordare il momento. «All'inizio. Ma quando ho cominciato a parlare... non ho più avuto paura.»

«Chiameremo la strega Yseult. Verrà qui e ti insegnerà come utilizzare il tuo dono. Ti aiuterà a trovare la tua voce.»

Io annuii, però poi sorrisi. «La mia voce l'ho già trovata.»

Perché l'avevo fatto.

Erano stati i miei compagni a riportarla da me.

Grazie per aver letto questo libro! Ho ancora altri libri nella Saga delle Spose Berserker da scrivere, inclusi quelli che raccontano la storia di Sorrel, Juliet e Rosalind! Continuate a scorrere se volete leggere un estratto di Domata dai Berserker.

Mando tutto l'affetto ai meravigliosi fan della Saga Berserker, grazie ai quali trovo la motivazione e la forza di continuare a scrivere. Vi apprezzo tantissimo.

Bacini,

Lee.

ESTRATTO: DOMATA DAI BERSERKER

SORREL

La luce del fuoco rifletteva sulle barre della mia gabbia, illuminando le mie braccia nude mentre le stringevo con forza tra le mani. Il vento sussurrava e gemeva attorno alle rocce alte, infiltrandosi nei miei pantaloni e la mia maglietta, e sferzando i miei capelli come un demone cattivo. La gabbia dentro la quale ero stata rinchiusa tremava contro esso.

Sotto di me, molto più sotto, lungo il sentiero e lontano dalla cima sulla quale mi trovavo, i guerrieri erano intenti a preparare il focolare, che sembrava farsi sempre più alto. Enormi tronchi venivano gettati all'interno del fuoco. Decine di guerrieri erano fermi intorno ad esso, bevendo e mangiando carne e incoraggiando gli altri a farlo diventare sempre più alto. Avevano cominciato proprio nel momento in cui io ero stata rinchiusa; una tortura, vedere tutta quella luce e sapere quanto caldo portasse, senza però poterlo sentire sulla mia pelle.

Due guerrieri spuntarono dal sentiero, ed il mio cuore balzò in gola, sprofondando giù un'altra volta quando riuscii a dargli una buona occhiata. Quelli non erano i miei guerrieri. Uno restò ad aspettare mentre l'altro allentava la corda e abbassava la mia gabbia. Con un sorrisetto, lasciò andare la struttura, che cadde per terra, facendomi sbattere contro il terreno. Strinsi i denti, mantenendo la mia espressione vuota. Nessuno di loro mi avrebbe visto soffrire.

Uno di loro aprì la porta della gabbia con un calcio. I guerrieri presero a lavorare le corde. Prima del loro arrivo, ero stata io stessa ad allentarle, solo per fermarmi poco dopo: scappare avrebbe significato gettarmi dalla cima, e se anche fossi riuscita a non rompermi neanche un singolo osso, avrei dovuto comunque camminare lungo la montagna, cercando di evitare il branco di guerrieri che volevano catturarmi. Considerate le urla che provenivano dal focolare, c'erano molti guerrieri che non avevano alcuna voglia di seguire gli ordini degli Alpha di non farmi del male fino alla mia udienza. Volevano il mio sangue.

Ero più al sicuro dentro la gabbia. Quando la porta scattò via e i guerrieri fecero un passo indietro, io restai ferma sul mio posto.

Uno di loro mi scoccò un'occhiata di fuoco.

«Fuori» ringhiò. Io camminai ginocchioni fuori dalla gabbia, forzando il mio corpo ad alzarsi. Anche in piedi, però, arrivavo a malapena ai loro petti. Torreggiavano su di me, arrabbiati.

«Chi le ha dato i pantaloni?» chiese il primo.

«È così che l'abbiamo trovata vestita. Li aveva già addosso» rispose il secondo, inclinando il capo come per studiarmi.

«Si veste da uomo... Innaturale» mormorò il primo, girandosi.

«Mani» ordinò il secondo, e quando le alzai lui strinse i miei polsi insieme con una corda, stringendo forte, badando bene a non toccarmi. Mi scortarono dalla mia gabbia lungo il sentiero stretto, diretti verso il focolare.

Un terzo guerriero ci raggiunse nel sentiero prima che

potessimo mettere piede nella radura. Bloccò il mio passaggio, torreggiando come tutti su di me. Io tenni lo sguardo fisso sul suo petto, rifiutando di guardarlo negli occhi.

«Ragnar» una delle guardie lo ammonì, ma Ragnar fece un gesto con la mano, portandoli al silenzio. Anche senza guardarlo in faccia riuscivo a sentire la sua rabbia e il suo disgusto, diretti completamente verso di me.

«Rosalind non si è ancora svegliata. I guaritori dicono che potrebbe non svegliarsi più.» La voce del guerriero si fece bassa, gutturale, paurosa. «Sua sorella è a pezzi.»

Chiusi gli occhi, sentendo il terreno venire meno sotto i miei piedi. Dietro le mie palpebre, vidi Rosalind giacere sul terreno, ferma come fosse senza vita. Non avevo bisogno che il guerriero mi ricordasse ciò che avevo fatto. Ciò di cui mi sarei pentita per tutta la mia vita; se avessi avuto ancora tanta vita, ad attendermi.

Restammo fermi lì per un po', Ragnar a bloccare il mio passaggio. Il vento sbatté contro il mio viso e i miei capelli. Dietro di me, le guardie mi respiravano sul collo. Se avessero deciso che avrei meritato di morire lì, su quel sentiero, avrebbero potuto benissimo spingermi oltre la collina. Non avrei avuto modo di fermarli.

Alla fine, Ragnar si ricompose. «Gli Alpha stanno aspettando» disse, la voce più chiara. «Sbrigatevi.»

Le guardie dietro di me mi spinsero avanti con le loro armi.

Muovendoci lungo il sentiero, le mie gambe tremarono di un sollievo che non meritavo di provare. Per un attimo desiderai di aver parlato, invece. Di aver risposto a Ragnar, di averlo portato al punto di dovermi uccidere per la rabbia. Il dolore nel mio petto, dentro il mio cuore, si fece soltanto più intenso.

Entrammo nella radura e un cerchio di guerrieri si girò a guardarci, le armi spianate. Ringhiarono al mio passaggio, l'odio nei miei confronti chiaro nei loro occhi, caldo come le fiamme dell'Inferno. Oltre loro, il focolare era alto e scoppiettante, le fiamme quasi a toccare il Cielo notturno.

Altri guerrieri si allinearono al mio passaggio. Quelli in forma di lupo ringhiarono e provarono a mordermi i piedi. Io mantenni un'espressione stoica, marciando oltre gli uomini e oltre i lupi. Non mi avrebbero visto piangere, né tremare di paura. Non quella notte.

Il mio piede inciampò su una pietra, facendomi perdere l'equilibrio. Alcuni guerrieri ridacchiarono.

«Attenta» mormorò una delle guardie, senza però fare alcun passo per aiutarmi. Alla fine, arrivammo al focolare, e i guerrieri mi fecero cenno di andare nella mia postazione. Salii su una lunga panca levigata, il mento in alto e gli occhi fissi sul fuoco.

Attorno al focolare quattro Alpha erano riuniti intorno ad una grossa roccia. Due di loro erano in piedi, le braccia conserte sul petto. Uno di loro sedeva sul trono, il viso solenne come quello di un re. La luce del fuoco danzava tra i suoi capelli biondi come l'oro. Nel momento stesso in cui fui in posizione, lui si alzò e divaricò le braccia. L'assemblea si fece subito silenziosa.

«Miei fratelli. Ci siamo riuniti qui questa sera per giungere ad una decisione su un fatto molto grave. La profetessa Sorrel è in piedi di fronte a noi, accusata di tradimento.»

«Omicidio» mormorò qualcuno. Probabilmente Ragnar.

«Silenzio» ringhiò l'Alpha tatuato. «È Samuel a parlare.»

Dopo una piccola pausa, l'Alpha seduto, Samuel, continuò a parlare. «Abbiamo sentito la storia di ciò che è successo, e il resto l'abbiamo indovinato. Tre giorni fa, Sorrel ha lasciato la sicurezza dei nostri confini ed è entrata nella terra controllata dal Re dei Morti. Con lei è andata anche un'altra profetessa ancora priva di compagni, chiamata Rosalind. Non sappiamo perché siano andate via. Non sappiamo come abbiano fatto a sopravvivere per tre giorni in quelle terre controllate costantemente dall'esercito dello stregone.»

«Traditrice» sputò una voce alla mia sinistra. «È in combutta con il Re dei Morti», ringhiò un altro.

Samuel alzò la voce. «Sappiamo, però, come hanno fatto i nostri a trovarle: Sorrel aveva in mano un'imbragatura e un sacchetto pieno di pietre, e la sua amica era per terra, caduta a causa di un colpo alla testa.»

Mormorii alti si levarono tra i guerrieri, insieme al ringhio di molti lupi.

«Silenzio» intimò un altro degli Alpha, e il rumore cessò.

Samuel continuò. «Abbiamo catturato entrambe, e le abbiamo riportate qui. Sorrel è come la vedete tutti; Rosalind, invece, giace come fosse addormentata, a causa della sua ferita. Ci sono le prove di una colluttazione. Se Rosalind morirà, Sorrel sarà accusata di omicidio.»

Mi accasciai, incapace di restare ferma e orgogliosa ancora un secondo di più. Mi sentii prendere dalla fatica, da un peso enorme. Abbassai la testa, e chiusi gli occhi.

I guerrieri intorno a me presero ad urlare, chiedendo la mia morte. «È colpevole! Ha provato ad uccidere la sua stessa amica, una delle nostre preziose profetesse! L'abbiamo trovata con l'arma in mano, ferma a torreggiare sulla donna addormentata.»

«Perché ha lasciato la montagna?» chiese uno degli Alpha. Non alzò la voce, eppure la sua domanda si sparse per tutta la radura come se l'avesse fatto.

«Non vuole spiegare il perché lei e Rosalind hanno lasciato la loro casa e sono scappate dalla montagna» disse Samuel. «Non vuole parlare, non vuole rispondere alle domande degli Alpha. Quindi siamo costretti a giungere noi stessi a conclusioni.»

«È stata lei», mormorò qualcuno al mio fianco. Forse una delle mie guardie. «È colpevole.»

Un ringhio basso accompagnò l'accusa, ma cessò immediatamente.

«Il Re dei Morti si fa sempre più forte. Ogni giorno che passa cerca di scacciare le nostre difese. Come hanno fatto due giovani donne a lasciare non solo la nostra guardia, ma scampare anche alla sua?»

«Non è forse chiaro? È andata via per andare dal Re dei Morti, per tradirci.»

«Traditrice!» mormorò un altro.

«È in combutta con il Re dei Morti» dissero ancora, sputando nella mia direzione.

Io tenni la bocca chiusa. Sentivo ancora il peso della pietra tra le mie dita, piccola ma letale. Sentivo ancora il suono della mia imbracatura che squarciava l'aria, la pietra volare, piantarsi contro qualcosa che poi prese a perdere sangue. La testa di Rosalind, prima che lei cadesse. L'immagine continuava a ripetersi ancora e ancora dentro la mia testa, senza mai fermarsi, finendo sempre con la mia amica che si accasciava a terra, colpita.

Era colpa mia.

«Adesso basta» disse infine Samuel, e i guerrieri tornarono in silenzio. «Sorrel dei Berserker, sei stata giudicata colpevole di tradimento nei confronti del branco, di aver cospirato con il nemico, e di aver fatto del male alla tua amica. Hai qualcosa da dire a tua discolpa?»

Non ci provai neanche a parlare; ad alzare i miei occhi, e scuotere la testa. Tutto ciò che avevo da dire lo avevo già detto. I Berserker che mi avevano trovato in piedi accanto al corpo di Rosalind non avevano voluto credere alle mie parole, l'avevano considerata una favola inventata a tavolino. Perché sprecarsi a ripeterla un'altra volta?

L'Alpha lasciò che il silenzio continuasse per uno, due secondi, poi continuò. «Molto bene. Gli Alpha si ritireranno e decideranno cosa farne di te. Portatela via.»

Un guerriero mi spinse oltre la panca sulla quale ero salita, spingendomi oltre i guerrieri arrabbiati e i lupi ringhianti. Camminammo lungo il sentiero, molto vicino alle pietre, verso la foresta. Il grande focolare portava la sua luce oltre gli alberi, illuminando il nostro cammino.

«Qui» disse lui, puntando il dito sul terreno, ed io sentii il mio cuore fermarsi.

«No, vi prego» sussurrai mentre lui mi portava verso una buca. Non avevo mai pregato nessuno prima di quel momento, ma non potevo farcela più. «Dovunque, ma non lì.» Provai a liberarmi, ma persi l'equilibrio. Il guerriero mi avrebbe spinta dentro la buca, e mi avrebbe sepolta viva. Io avrei urlato fino a quando la terra non mi avrebbe riempito la gola, e niente avrebbe potuto più salvarmi, niente—

Un ruggito fece tremare gli alberi attorno a noi. Il guerriero mi lasciò di colpo, afferrando le sue armi.

«Chi va là?»

Qualcosa scattò oltre gli alberi, facendo tremare il terreno.

«Mostrati!» disse la guardia, girandosi per seguire il rumore, puntando la sua lunga lama verso qualsiasi fosse la minaccia. In mezzo agli alberi, qualcosa ruggì un'altra volta, il suono a riecheggiare tutto intorno a noi, facendo girare la guardia da un lato all'altro, nel panico. Qualsiasi bestia fosse in mezzo a noi, era a caccia, e stava giocando con la guardia. Era la mia occasione per scappare.

Feci un passo indietro, e finii contro un enorme corpo duro.

«Stai ferma» qualcuno ringhiò dentro il mio orecchio. Una mano forte si strinse intorno alla mia gola. Mi sentii pervadere dallo shock, le mie ossa pietrificate.

«Mostrati!» urlò la guardia, ignara che ci fosse qualcun altro a tenermi ferma. «A meno che tu non sia un codardo—» A malapena riuscì a tirare fuori l'ultima parola: un enorme lupo dal manto argenteo scattò dal fitto degli alberi, e si scontrò proprio contro di lui.

D'istinto, presi a scalciare per liberarmi dalla presa, facendo scattare i miei piedi da un lato all'altro. Chiunque mi stesse tenendo ferma mi gettò per terra, tenendomi con forza dalla gola. Io provai a liberarmi, ma presto mi fermai: il mio bisogno di aria era più forte di quello che sentivo per scappare.

Mi lasciò per terra, accanto ad un grosso pino. Io mi feci indietro, la schiena contro il tronco.

«Cosa—» Le parole mi morirono in gola quando riconobbi Thorsteinn, vidi la rabbia scritta sul suo viso.

«Stai ferma» ordinò. Non aveva bisogno di un'arma per farmi obbedire: le sue fattezze umane non c'erano più, rimpiazzate da quelle di un mostro. Tutto in quel suo corpo enorme e forte, nei suoi occhi dorati e selvaggi, mi disse che era molto vicino a perdere il controllo.

Deglutii attentamente, la mia mano immediatamente sul mio collo. Il mostro inclinò il viso da un lato, come aspettandosi che mi lasciassi andare al panico, o che provassi a scappare. Dopo un attimo grugnì e mi diede le spalle. Il suo corpo gigante bloccava la mia vista, impedendomi di vedere cosa stesse succedendo tra la guardia e l'enorme lupo.

Quando la guardia cattiva andò via, scappando, il lupo glielo lasciò fare, avvicinandosi a Thorsteinn con il pelo rizzo e i denti affilati.

Thorsteinn afferrò la sua ascia e la puntò verso il guerriero. «Tieni le tue manacce lontane da lei» ordinò, la sua voce un ringhio gutturale.

La guardia si alzò, le mani in alto. «Non volevo mancare di rispetto nessuno. Non sapevo che appartenesse a voi.»

«Adesso lo sai» disse Thorsteinn, girando l'ascia per sbattere l'impugnatura contro il suo palmo. «Hai toccato ciò che non ti appartiene. Sei fortunato che non ti stia tagliando le mani.»

Il ringhio del lupo riecheggiò lungo la radura.

«Gli Alpha hanno ordinato—»

«'Fanculo gli Alpha» scattò Thorsteinn, ruggendo così forte da far tremare la montagna. «Vattene via.»

Il guerriero inciampò, prese a camminare indietro, fino a quando non cadde dentro un cespuglio; poi scappò via.

Io restai, ferma e tremante, dietro Thorsteinn e il lupo. Entrambi si girarono a guardarmi, i loro occhi dorati. Un vento improvviso fece abbassare il dorso del lupo, portandolo in forma umana, di nuovo su due gambe. Il guerriero, Vik, stiracchiò gambe e braccia, facendo una smorfia mentre faceva scrocchiare le ossa del collo. Quando la Trasformazione fu completata, sulle sue spalle era rimasta soltanto una pelliccia argentata, e nient'altro.

Entrambi si girarono a guardarmi. Io mi spinsi contro l'albero. Non avevo mai avuto paura di quei due guerrieri, ma non erano più soltanto uomini. I loro corpi erano cambiati, Trasformati in qualcosa che aveva fattezze umane ma era animale, mostruosa. Restarono in piedi, torreggiando su di me, i loro occhi dorati, la Bestia vicina, le dita allungate in artigli.

«Sorrel», raschiò Thorsteinn. Puntò un artiglio sul terreno, di fronte a lui. Io provai a spingere il mio corpo oltre l'albero, ma non riuscii a muovere un muscolo.

«Siete tornati», sussurrai. «Siete tornati per me.»

Vik inclinò il capo, annusando l'aria. «Pensavi che non saremmo tornati?»

Dopo avermi abbandonata? «No.»

«Sorrel» ripeté Thorsteinn, con molta meno pazienza. «Vieni qui.»

Per mera abitudine, la mia schiena si fece rigida. «No.»

«Non obbedisci?» chiese Thorsteinn, gli occhi incendiati.

Io gli scoccai la stessa brutta occhiata.

La risata di Vik ruppe il silenzio teso. Io scattai al suono della sua voce, e lui si avvicinò a me, le sue fattezze più calme, i suoi occhi meno luminosi. «Questa è la Sorrel che conosco.» Mi prese di peso, spostandomi dalla mia posizione, avvicinandomi di più ad entrambi. Poi prese ad ispezionarmi da capo a piedi, facendo scivolare le sue grandi mani lungo le mie spalle, la mia testa, stringendo le mie braccia, toccando i miei fianchi, le mie gambe. Alzò le mie mani legate, ma non mi liberò.

«Disarmata?» ringhiò Thorsteinn.

Vik grugnì in risposta.

Avreste semplicemente potuto chiedermelo, scoccai un'occhiata di fuoco a Thorsteinn, ma lui non rispose. Restò fermo e teso accanto a noi, le sue mani e i suoi artigli stretti a pugno, come a fermarsi prima di perdere il controllo.

Vik esaminò le mie dita, testandole tutte per assicurarsi che ancora le sentissi. Poi controllò il dietro della mia testa per vedere se ero ferita, le mie orecchie.

Soddisfatto nel vedermi intera, fece un passo indietro e annuì a Thorsteinn.

Io mi leccai le labbra. «Contenti, adesso?»

Fu in quel momento che Thorsteinn mi guardò negli occhi. «No.» In un attimo mi fu addosso. La sua mano si strinse intorno al mio collo, spingendomi contro l'albero. Io restai a fissarlo, i miei piedi non più a toccare il terreno. Mi strinse forte nella sua presa, il suo palmo a togliermi il respiro, ma senza spingere con forza. Il respiro lasciò le mie labbra con fatica mentre lui si toccava un sopracciglio. «Perché hai lasciato la montagna?» chiese, la sua voce nient'altro che un ringhio che di umano aveva poco.

«Dovevo—»

Lui ringhiò. «Davvero contavamo così poco per te, che sei infine scappata?»

Scappata da loro? Erano stati loro a lasciarmi per primi!

«Siete andati via!» ringhiai io di rimando. «Non vi ho pensati affatto.» Non era vero, e lui lo avrebbe sentito. Ma avrei continuato a negare fino alla fine.

«Menti.» La sua presa sul mio collo si strinse. I suoi occhi erano completamente dorati, il pelo si stava formando lungo le sue braccia. Era vicino alla Trasformazione.

«Thorsteinn», ammonì Vik, e il guerriero arrabbiato mi lasciò andare. Le mie gambe non ce la fecero e si piegarono, facendomi quasi cadere a terra se non fosse stato per Thorsteinn stesso, che mi afferrò prima che succedesse.

«Piano» mormorò, la voce più calma, gli occhi meno dorati. Io deglutii, e abbassai lo sguardo. La Bestia era vicina.

Non riuscii a frenarmi dal provocarlo nonostante tutto. «Perché t'interessa?»

Thorsteinn ringhiò di nuovo, provando a prendermi un'altra volta, e Vik lo fermò con una mano.

«Strozzarla non le farà vedere che ci tieni» disse, in quel suo solito tono divertito e strafottente. Vik aspettò che Thorsteinn si calmasse e annuisse, prima di girarsi verso di me. «Non giocare con noi, Sorrel. Sai molto bene che ci teniamo.»

«Quello che so è che mi avete lasciata dentro una casa piena di ragazze *non accoppiate*» dissi, sottolineando le ultime due parole, stringendo le braccia al petto. Tenni gli occhi fissi sul terreno. «Non so perché siete tornati.»

Vik e Thorsteinn si scambiarono un'occhiata. «Eravamo di pattuglia vicino alla tana del Re dei Morti quando ci è stato detto quello che hai fatto», disse Vik. «Abbiamo corso per giorni e per notti per arrivare da te prima del processo.»

«Non potevamo crederci» cominciò Thorsteinn, la voce gutturale, spezzata, poi si fermò. Prese qualche respiro, e continuò a parlare. «Non potevamo credere a ciò che stavamo sentendo. Due profetesse avevano lasciato la protezione della nostra montagna, della loro casa, della loro famiglia per avventurarsi oltre i nostri bordi. Avevano eluso le guardie e poi erano andate dritte verso il nemico.»

«Pare che il nostro addestramento ti abbia aiutato ad essere furtiva», mormorò Vik.

«Che cosa diavolo ti è passato per la testa, che ti ha fatto scappare?» chiese Thorsteinn, in un ringhio.

Mordendomi il labbro inferiore, restai a guardare il terreno. Lui mi scosse, le mani dietro il mio collo, come fossi un cane.

«Sorrel?» Vik si avvicinò a me. «Rispondi.»

«No», sussurrai, così affranta da riuscire a malapena a tirare fuori le parole.

«Ce lo dirai» ringhiò Thorsteinn, scuotendomi ancora. «Se anche dovessimo costringerti a parlare.»

Avrebbero potuto. Avrebbero potuto costringermi senza alcun problema. Dopo aver detto la storia ai guerrieri che mi avevano trovato ferma accanto al corpo di Rosalind, sarebbe stato un sollievo essere davvero ascoltata. Non potevo dire tutta la storia—non potevo rischiare. Non potevo farlo a Rosalind. Forse l'avevo quasi uccisa, ma non avrei macchiato il suo nome. Dire loro che era stata lei a tradire il branco. Anche se era vero.

«Sono scappata perché l'ha fatto Rosalind» tirai fuori, fermandomi per vedere le loro reazioni.

«È stata Rosalind ad andarsene per prima?» Vik inclinò la testa di lato. Entrambe le loro espressioni erano vuote.

«Sì. Se n'è andata nel bel mezzo della notte, ed io l'ho seguita.»

«Se n'è andata» ripeté Vik. Poi, lui e Thorsteinn si scambiarono un'occhiata. Riuscivo a vedere il dubbio nei loro occhi.

Improvvisamente, mi sentii pervadere dalla rabbia.

«Perché mai dovrei dirvi altro?» sibilai. «Perché sprecare il fiato, se non volete comunque credermi?»

«Rosalind era nella casa con sua sorella Aspen. I guerrieri dicono che erano estremamente legate. Perché andarsene, e lasciare sua sorella qui?»

«Non lo so» dissi, sentendo le forze lasciarmi. «Non gliel'ho chiesto.» Ero stata troppo occupata a cercare di tenerci in vita entrambe.

«Al contrario, tu non hai fatto altro che parlare liberamente della tua fuga. Di voler andare dentro la foresta, di tenerti in vita facendo la cacciatrice. Questo era sempre stato il tuo piano, anche quando eri ancora nell'abbazia» disse Thorsteinn, come tormentandomi. «Ho torto?»

«No, è vero» sussurrai io. Tutto di me, di ciò che ero, del modo in cui mi comportavo andava contro la mia versione. Non era strano che nessuno mi credesse.

Avevo sperato che almeno loro due, Thorsteinn e Vik, potesse credermi, almeno provarci. Ma forse era più semplice credermi una bugiarda. E, forse, così sarebbe stato più semplice anche per me: così, avrei potuto tenere al sicuro i segreti di Rosalind. Avrei potuto non dire a nessuno che cosa aveva fatto.

«L'hai seguita lungo la montagna per tre giorni. Perché poi l'hai colpita?» Thorsteinn mi scosse di nuovo, quando restai in silenzio. «*Rispondimi!*»

«Thorsteinn» lo richiamò Vik, e il guerriero arrabbiato mi lasciò andare. Io scattai in avanti, pronta a cadere, ma finii tra le braccia di Vik.

«Sorrel—» cominciò lui, ma non finì mai la sua frase.

Un ramo spezzato da passi arrivò verso di noi, e Thorsteinn scattò verso di esso con un ruggito.

Ragnar apparve attraverso gli alberi, le mani alzate, come per provare che non aveva armi. «Gli Alpha vogliono vedervi adesso. Sono pronti a far sapere la condanna che hanno scelto.»

Thorsteinn ringhiò. Vik si alzò, la sua mano sulla mia schiena. «Arriviamo subito. Dì agli Alpha che la portiamo noi.»

Ragnar annuì, e sparì tra le ombre.

Thorsteinn s'inginocchiò di colpo di fronte a me. Alzò un dito allungato dagli artigli, e con delicatezza disarmante mi alzò il viso, facendo scontrare i nostri occhi.

«Non dirai nulla. Non farai nulla. Non guarderai nessuno. Mi hai capito?» Quando io restai soltanto a fissarlo, la sua espressione si fece arrabbiata, pronto a Trasformarsi. «Ti sottometterai a noi. Dillo. Promettici che lo farai.»

«Sorrel» attirò la mia attenzione Vik, più cauto. «È una questione di vita o di morte. Il branco vuole il tuo sangue. Devi fare esattamente ciò che diciamo, niente di più, niente di meno. Se non lo fai» disse, scoccando un sorrisetto divertito al suo guerriero arrabbiato. «Thorsteinn si trasformerà in una Bestia e proverà ad uccidere gli Alpha. E morirà. E tutto sarà perduto.»

«Prometti», ringhiò Thorsteinn.

Io guardai da un guerriero all'altro. Visi così familiari… eppure, ora, così distanti.

«Lo prometto.»

Un piccolo sorriso curvò le labbra di Vik. «Brava bambina.» I suoi occhi si accesero del suo solito umore.

Thorsteinn restò a guardarmi come fossi il nemico. Con un grugnito, si alzò in piedi e fece strada. Vik si mise dietro di me, dandomi piccole pacche sulla schiena per incoraggiarmi ad andare avanti. Io camminai di mia volontà, almeno fino a quando non raggiungemmo la radura piena di guerrieri arrabbiati.

«Non guardare nessuno che non sia io o Thorsteinn» mi ricordò Vik. Io tenni gli occhi fissi sugli stivali del primo. Era passato tanto tempo dell'ultima volta in cui mi ero ritrovata a dover fingere di essere docile e ubbidiente.

La cosa non aveva mai portato a nulla di buono.

«Assassina» sibilò un guerriero, e Vik si girò a ringhiargli contro.

Quando raggiungemmo gli Alpha, io cominciai a camminare verso la pietra, verso di loro, ma Vik mi fermò con una mano forte sulla spalla. Thorsteinn restò in piedi di fronte a me, Vik dietro, bloccandomi dalla vista di tutti quanti.

«Thorsteinn, Vik» disse il leader degli Alpha. «Siete tornati.»

«Appena in tempo» mormorò l'Alpha tatuato.

«Dove siete stati?» chiese ancora un altro.

«Siamo stati di pattuglia, vicini alla tana del Re dei Morti. Abbiamo passato giorni a nasconderci dalla sua armata, spiando» rispose Vik.

«Perché accettare un lavoro così pericoloso e lasciare indietro la donna che avete reclamato?» chiese Samuel, gli occhi chiari e scintillanti.

Thorsteinn scrollò le spalle. «Perché abbiamo esperienza in questo campo, non potevamo restare indietro. È per questo che siamo andati entrambi.»

«E l'accusata è la vostra compagna?»

La mano di Vik si strinse intorno alla mia spalla. Non riuscii a capire perché stesse cercando di rassicurarmi fino a quando non sentii la risposta di Thorsteinn.

«No.»

Un mormorio alto prese a muoversi lungo i guerrieri. Protestavano, richiedevano il mio sangue, mi volevano morta.

«Silenzio» disse uno degli Alpha, ancora e ancora. *«Silenzio!»*

Io restai, ferma e immobile, a guardare il terreno con la mano di Vik ancora ferma intorno alla mia spalla. Thorsteinn restò a guardare davanti a sé, il viso duro e impassibile come la roccia della montagna. Avrei voluto che guardasse me.

Vik mi strinse la spalla un'altra volta.

«Spiegati meglio» ordinò l'Alpha chiamato Samuel. «Avete reclamato questa profetessa di fronte al branco, e avete promesso di tenerla al sicuro. Perché dire, adesso, che non è la vostra compagna?»

«Perché è la verità. L'abbiamo reclamata, e abbiamo aspettato che il legame si formasse, ma non è mai successo. E così, di ritorno alla montagna, l'abbiamo lasciata con le altre profetesse ancora senza compagno e siamo andati in pattuglia. Era chiaro che non fosse legata. E adesso lo sappiamo per certo. Sorrel aveva in mente di scappare da noi di tutto principio. Ha finto di avvicinarsi a noi, così che potessimo fidarci di lei, ma nel momento stesso in cui l'abbiamo fatto, lei è scappata via. Siamo convinti che abbia portato Rosalind con sé, convincendola ad accompagnarla, ma durante la strada devono aver avuto qualche diverbio. Forse Rosalind voleva tornare, e Sorrel invece no. La discussione si è fatta troppo accesa, ed è diventata violenta. Forse sapevano che i Berserker erano vicini, e allora Sorrel, disperata, ha deciso di colpire Rosalind.»

La storia di Thorsteinn mi colpì come un coltello conficcato nel petto.

Non avevano sentito neanche una singola parola di ciò che avevo detto.

Proprio come tutti gli altri, alla fine anche loro avevano deciso di non credermi. Mi sentii mancare il terreno sotto i piedi, ed ero certa che sarei caduta se non fosse stato per la stretta di Vik sulla mia spalla.

I guerrieri intorno a me presero a ringhiare, a sbattere contro i loro scudi, ad urlare perché venissi punita e uccisa.

Thorsteinn non mi guardò mai, neanche per un attimo.

Perché stai dicendo queste bugie?, volevo urlare. Di tutti i Berserker, loro erano gli unici che avrei giurato non avrebbero mai creduto il peggio, di me. *Se non mi credete voi, allora chi?*

«Sapevamo che ci fosse qualcosa che non andava… ma non avremmo mai potuto pensare che la cosa fosse così ben organizzata», aggiunse Vik.

Poi, Thorsteinn decise di darmi il corpo di grazia.

«Sorrel non ha mai legato con noi. Abbiamo fatto tutto il possibile, ma non è mai stata davvero nostra. È per questo che l'abbiamo mandata in casa con le altre profetesse, prima di andare via.» Fu in quel momento che decise di girarsi e piantare i suoi occhi su di me, freddi e calcolatori. Sul suo sguardo non c'era altro che disturbante finalità. «Sorrel non è mai stata la nostra compagna.»

Clicca qui per ottenere 'Domata dai Berserker'

LA SAGA DEI BERSERKER

Per più di un secolo, i guerrieri Berserker hanno combattuto e ucciso per i re. Ma c'è un solo nemico che non possono sconfiggere: la bestia dentro di sé.

<u>Venduta ai Berserker</u>

<u>Accoppiata ai Berserker</u>

<u>Allevata dai Berserker</u> (solo per i fan più accaniti sulla lista e-mail di Lee=)

<u>Presa dai Berserker</u>

<u>Data ai Berserker</u>

Rivendicata dai Berserker

Salvata Dai Berserker

Catturata dai Berserker

Rapita dai Berserker

Legata ai Berserker – Laurel, Haakon & Ulf

Piccoli Berserker – le sorelle Brenna, Sabine, Muriel, Fleur ei loro compagni

La Notte dei Berserker – la storia della strega Yseult

Posseduta dai Berserker – Fern, Dagg & Svein

Domata dai Berserker — Sorrel, Thorsteinn & Vik

Comandata dai Berserker — Juliet, Jarl & Fenrir

I GUERRIERI BERSERKER

Ægir *(precedentemente intitolato The Sea Wolf)*
Siebold

ALTRI ROMANZI DI LEE SAVINO

ROMANCE CONTEMPORANEO

Romanzi Contemporanei

Il principe scapestrato

Non mi innamorerò del mio arrogante e irritante capo che si proclama dio del sesso. No. Neanche per sogno.

Il Mio Daddy È Un Marine

Il mio fichissimo eroe dei marine vuole che lo chiami papà...

Romanzo Paranormale

La Saga dei Berserker. Questi valorosi guerrieri non si fermeranno di fronte a niente per rivendicare le loro compagne...Comincia con Venduta ai Berserker

Alfa ribelli, con Renee Rose (cattivi ragazzi licantropi) – comincia con Tentazione Alfa.

SULL'AUTRICE

Lee Savino ha in programma di conquistare il mondo, ma quasi ogni giorno le capita di non trovare le chiavi o il telefono, così rimane a casa a scrivere romance "smexy" (smart + sexy). Adora il cioccolato, indossa sempre pantaloni da yoga e sta benissimo con i cappelli.

Se vuoi un po' di sano divertimento, unisciti al suo gruppo di dee (Goddess Group) su Facebook o visita il sito www.leesavino.com per iscriverti alla newsletter e ricevere un libro in omaggio.

Sito Web: www.leesavino.com
    Goddess Group su Facebook:
    https://www.facebook.com/groups/LeeSavino/